Sakaguchi Ango

不连续杀人事件

坂口安吾

Sakaguchi Ango

The Non-Serial Murder Case

杨明绮——译

浙江文艺出版社
Zhejiang Literature & Art Publishing House

不连续的事件，连续的谜

——《不连续杀人事件》导读

坂口安吾（1906—1955），本名炳五，出身于新潟县乡绅家庭。父仁一郎，众议院议员，以笔名“阪口五峰”活跃于汉诗诗坛。坂口家人丁兴旺，安吾上有十一位兄姊，下有一妹，身为幺子却不得父母宠爱。在自传体小说《石头的思绪》中，安吾回忆童年：

> 除了磨墨，父子俩再无任何交集，出了书房，甚至一年到头难得碰面。……母亲患有严重的歇斯底里，而她的

怒火全部撒在了我的头上。

淡漠的童年培养出乖僻的性格，少年时期的安吾逃学、打架，同时对文学产生了浓厚的兴趣。东洋大学就读期间，安吾读书废寝忘食，并熟练掌握了法语；毕业后，与朋友创办同人杂志，发表翻译作品。25 岁时，以短篇小说《风博士》获文坛前辈牧野信一赏识，登上文坛。

安吾登上文坛后，十五年间勤奋创作，持续发表作品，但未能受到充分关注，有时甚至青黄不接，须向朋友借钱维持生计。1946 年，发表《堕落论》及短篇小说《白痴》，一跃成为畅销作家，与太宰治、织田作之助等一道被称作“新戏作派”，又称“无赖派”。

战后十年间，安吾笔耕不辍，除纯文学外，亦涉足历史小说、推理小说领域。1955 年，因突发脑溢血，于家中骤然离世。

在开始推理小说的创作之前，安吾已是一位狂热的侦探推理爱好者。在《我的侦探小说》一文中，安吾称：

我从年少时起就很喜欢侦探小说，最近托战争的福，日本出版的所有侦探小说几乎都被我读了个遍。

所谓“托战争的福”，是指“二战”期间，娱乐场所歇业，杂志休刊，安吾无处发表小说，只能读书自娱，消遣时日。而侦探小说与其他文学相比，又多出一点社交性质的内容：

当时我们有一个叫作《现代文学》的同人杂志，其中有几个侦探小说爱好者，大家就开始一起玩“猜凶手”游戏。

玩法很简单：将小说的结尾部分剪掉或是封起来，大家传阅之后推断凶手是谁。猜得最准的是平野谦；大井广介、荒正人的水平虽然没那么惊人，却也比我强——我只有两次完全猜中。

当然，安吾往往不那么谦逊。他从自己“只有两次完全猜中”的事实中得出一个结论：日本作家的创作当中，根本没有适合“猜凶手”的作品。换言之，安吾认为，当时日本的侦探小说只是主打悬疑色彩，推理性不强，无法实现作者与读者的“斗智”，不足以构成一场公平的“解谜游戏”。

“斗智”与“解谜游戏”是安吾每每强调的两个概念。战时的“猜凶手”游戏刺激了安吾的创作欲望，他决定与读者共享斗智的乐趣，创作一部公平的解谜游戏，也就是您手中的这本《不连续杀人事件》。

《不连续杀人事件》自 1947 年 8 月起于杂志《日本小说》连载，共七回，次年出版单行本，并于 1949 年 2 月荣获第二届“侦探作家俱乐部奖”（今“日本推理作家协会奖”）。江户川乱步评价本作称：

> 日本纯文学作家创作侦探小说，除谷崎润一郎、佐藤春夫两位的少数作品之外，无甚可观……（本作）彻底打破了这一定论，某种意义上，可以说我等侦探作家亦为之一惊。

不过，如果读者冲着纯文学作家的名头，期待在小说中读到优美的文笔，或许会感到一丝失望。安吾在画面营造、气氛渲染方面无疑是大师，《盛开的樱花林下》可见一斑；而在《不连续杀人事件》中，安吾刻意抑制文学方面的要素，专注于解谜游戏的公平性与可行性。

安吾生性爱憎分明，在文学方面，提出的观点往往也充满个性。可以说，《不连续杀人事件》正是安吾对自身推理文学观念的一次完美践行。

安吾曾总结出几点解谜游戏的“规则”，以此作为评断推理小说高下的标准，总结而言：

1. 谜题的设置不应要求读者具备某种专业知识；确有必要时（如使用了特殊性质的毒药），须提前向读者告知。

2. 谋杀手段尽量简单，复杂的物理机关不可取。

3. 登场人物各式各样，人人都有作案的可能。

4. 杀人动机必须合情合理，且不得事先向读者隐瞒。

同时，安吾极度反对“炫学派”与“艺术论”。前者以小栗虫太郎为代表，安吾称他“侦探小说自身的素材贫乏，靠炫学来蒙混过关”；后者由木木高太郎提出，倡导侦探小说的艺术性，对此安吾认为，侦探推理文学真正的“艺术性”在于精炼，浪费笔墨大肆渲染惊悚气氛，恰恰是对“艺术性”的妨碍：

所谓的惊悚应该存在于事实之中，文章发挥的机能，只是将这一事实确切地表现出来而已。

《不连续杀人事件》严格履行以上标准，难怪安吾将其视为自信之作，连载伊始就向读者发出挑战状，并表示愿意“将这篇小说的解谜篇稿费，双手奉给能够找出犯人且推理正确的读者”。在每回的“附记”之中，安吾尽情展现了自己嬉笑怒骂的风格，精彩不下于小说本身。

对于本作，安吾甚为看重。当时有一封读者来信，自称是侦探小说作家，批判《不连续杀人事件》脱离现实——发生如此大型案件，却没有警察署长、检察官等角色登场。安吾为自己辩护称，“现实”不同于对现实生活的简单模仿，对故事主干的推敲，要比无谓的描摹重要得多。

关于本作的悬赏金，据其夫人三千代叙述，背后还有一段小故事：

《不连续杀人事件》连载行将结束之际，安吾招待责任编辑渡边彰饮酒，因酒质粗劣导致其肺病复发，为表歉意，安吾将连载所得全部赠予渡边，只能自掏腰包支付奖金。

文人风流，已成往昔。历经半个多世纪，“不连续”的事件为一代又一代推理爱好者提供了一场连续的解谜游戏。希望作为读者的你，从中感受到那份斗智的愉悦。

（何中夏）

登场人物

歌川一马　歌川家现任主人、诗人、歌川多门之子。

歌川彩华　一马的现任妻子，任性奢华的贵夫人，学生时代曾向一马学诗。

歌川多门　歌川一马之父，也是老政治家，过去曾叱咤政坛一时。

歌川珠绪　多门与梶子夫人之女，一马的同父异母之妹。

歌川加代子　多门的私生女，体弱多病的孤傲美人。

南云一松　多门的妹婿，由诸井护士照顾的中风老人。

南云由良　多门之妹，亦为病弱老人。

南云千草　一松与由良之女，个性扭曲的丑女。

坪田平吉　原歌川家厨师，小餐馆“坪平”的店主。

坪田照代　平吉的妻子。

望月王仁　知名作家，个性狂暴无礼，异性关系复杂。

丹后弓彦　作家，表面绅士的伪君子。

内海明　驼子诗人，似乎对千草小姐有好感。

三宅木兵卫　法国文学家，宇津木秋子的现任丈夫。

宇津木秋子　知名女作家，一马的前妻，木兵卫的现任妻子。

人见小六　剧作家，个性别扭又小心眼。

明石胡蝶　女演员，体态丰腴的女性，小六之妻。

土居光一　画家，彩华夫人的前夫，厚颜无耻的拜金主义者。

矢代寸兵　小说家，本书的第一人称。

矢代京子　矢代的妻子，以前曾是多门的妾，也是加代子唯一的朋友。

海老冢晃二　多门栽培的医生，目前在歌川家所在地的村落行医。

诸井琴路　村子里的护士，个性十分冷酷的女人。

巨势博士　年轻侦探，学生时代曾拜矢代为师。

神山东洋　律师，多门从政时的秘书。

平野雄高刑警（“猎犬”警官）

荒广介刑警（“狗鼻子”）

长畑千冬刑警（“书呆子”）

饭冢文子女警（“鬼点子”）

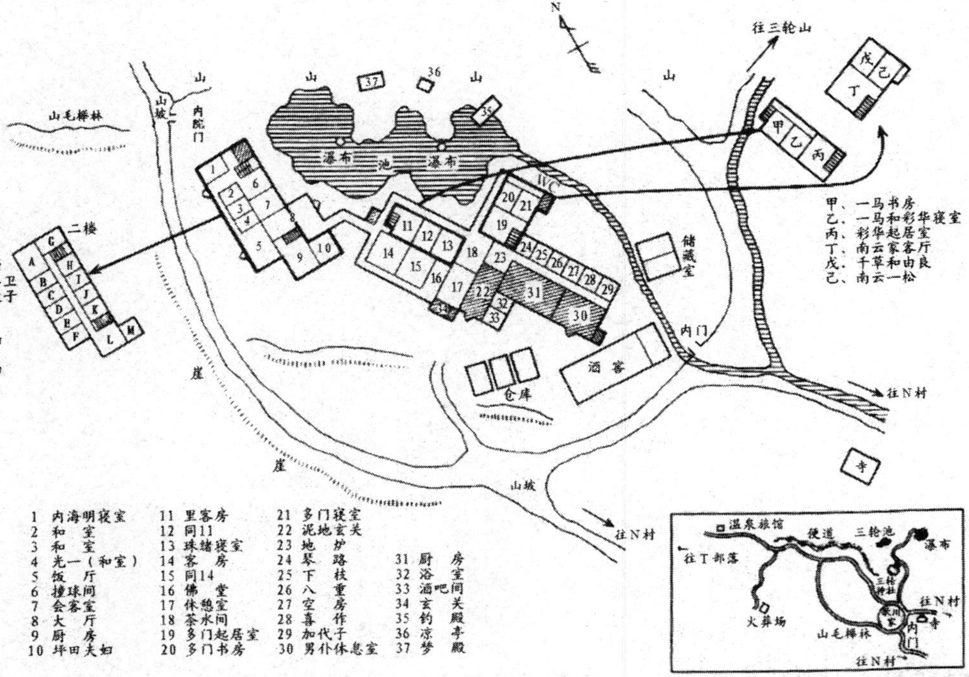

A 一马寝室
B 王仁
C 丹后
D 神山夫妇
E 三宅木兵卫
F 宇津木秋子
G 彩华
H 巨势
I 人见夫妇
J 空房
K 矢代夫妇
L 展望室
M 浴室

甲、一马书房
乙、一马和彩华寝室
丙、彩华起居室
丁、南云家客厅
戊、千草和由良
己、南云一松

1	内海明寝室	11	里客房	21	多门寝室		
2	和　室	12	同11	22	泥地玄关		
3	和　室	13	珠绪寝室	23	地　炉		
4	光一（和室）	14	客　房	24	琴　路	31	厨　房
5	饭　厅	15	同14	25	下　枝	32	浴　室
6	撞球间	16	佛　堂	26	八　重	33	酒吧间
7	会客室	17	休憩室	27	空　房	34	玄　关
8	大　厅	18	茶水间	28	喜　作	35	钓　殿
9	厨　房	19	多门起居室	29	加代子	36	凉　亭
10	坪田夫妇	20	多门书房	30	男仆休息室	37	梦　殿

目录

一、丑恶万分的人际关系

那是昭和二十二年[1]六月底的事，歌川一马邀我前往日本桥一家名为“坪平”的小餐馆碰面。坪平的老板坪田平吉以前是歌川家的厨子，平吉的妻子照代则负责跑堂。一马的父亲歌川多门喜好女色，虽然已有妻妾，却仍和风尘女子牵扯不清，甚至连女服务生都招惹；照代女士长得清秀可爱，自然难逃魔掌，听说她和坪田结婚时，一马的父亲还给了他们一笔开店资金。因为一马家位于东京的宅邸毁于战火，所以他每次上

① 昭和二十二年，即 1947 年。

京都暂住坪平那儿。

“其实，我有个不情之请，想邀你这个夏天到我家暂住。”

一马家位于交通极为不便的山中，下了火车后，还要换乘公交车走个六里[①]山路，下车后还要步行将近一里才到。正因为地处偏僻，战时我们几名文坛好友曾经疏散到他家避难，另一个原因则是因为他家开酿酒厂，还能顺便品尝美酒。

“不如打开天窗明说好了。这月初，望月王仁那家伙突然来访，后来丹后弓彦和内海明也陆续来我家，说是我妹妹珠绪写信邀他们来避暑；因为是你，才敢家丑外扬。珠绪这丫头今年春天刚堕胎，但她不肯说孩子的爹是谁，也没人知道，加上我一个月几乎有一半以上都待在东京，就算想管也管不到。如你所知，望月是个粗暴、无礼又粗俗的家伙；丹后弓彦表面上犹如英国绅士般彬彬有礼，一本正经，其实骨子里傲慢自大，根本是个阴险乖僻的伪君子。只有内海明给人的感觉稍微好一点，可是他那驼背的丑样，根本没啥魅力吧！况且三个人聚在一起总是吵个没完，珠绪却觉得有趣，邀他们到家里做客，要是我，才不会给自己找麻烦。只见他们互相揶揄蔑视，那驼子还气得常常将餐盘摔到地上呢！他们之间基本不往来，要不是

① 根据1891年日本颁布的《度量衡法》规定，1里等于3927米。

我发了几句牢骚，根本没办法耳根清净地好好看本书。

“这些话我没向任何人提过，大家都是之前因战事前来避难的旧识，况且东京这边的店家也大多歇业，不如去我那儿一起避暑，如何？我看他们巴不得有人加入，我也算是求得解脱。虽说只是想排遣寂寞，但要我和那帮家伙同住一个屋檐下，真的快窒息了。对了，我还邀了木兵卫、小六他们，当然最希望你能来。其实木兵卫和小六都答应了。决定明天早上一起出发呢！”

“宇津木小姐也会同行吗？”

“当然，胡蝶小姐也会来。她还特地为此暂停夏季公演呢！”

知名女作家宇津木秋子目前和法国文学家三宅木兵卫交往；她是一马的前妻，两人在十分理智的状况下分手，加上又是文坛同好，因此分得还算干脆。不过，问题不是出在一马身上，而是望月王仁这家伙。避难时，还是一马原配的宇津木秋子便和木兵卫过从甚密。战后回到东京，两人经过协议，一马同意离婚。他原本就拿任性的秋子没办法，因此对这段夫妻之情也没什么留恋。

秋子是个非常多情的女人，避难时勾搭上王仁，后来王仁这家伙又招惹放荡不羁的珠绪。出身乡下，又当过女服务生的秋子，看清自己只不过是情郎的餐后甜点，于是选择和木兵卫在一起，但心里还是眷恋王仁。王仁是当红作家，傲慢无礼、粗野狂妄的他让野性派的秋子着迷不已。犹如人偶般美艳的秋子，拥有难以压抑的冲动性格，此趟前往山庄，肯定会和王仁旧情复燃。木兵卫这家伙理智聪明，一介翩翩学者风范，竟然被女人耍得团团转；不过听说他也憋不住心中熊熊妒火，居然答应一马的邀请，真是愚蠢至极。

虽然此趟邀约理由诚如一马所述，但总觉得一马之所以策划这次度假，似乎另有隐情。可想而知，目标当然是他最想邀请的胡蝶小姐。

明石胡蝶是位女星，也是剧作家人见小六的妻子。浑身散发女人味，有着性感丰腴身材的她，最讨厌像王仁那种火暴浪子，欣赏知性派文弱书生。像人见小六这种个性别扭、猜忌心又重的人，虽然待人还算亲切，但也称不上好相处。胡蝶小姐对一马颇有好感，要是一马积极一点的话，也许她会抛弃小六，选择和一马在一起。

那时的一马很懦弱，才会让宇津木秋子和三宅木兵卫在一起。被不再眷恋的女人抛弃，黯淡心情随着战争结束而烟消云散，小六和胡蝶随后也成为一对。那时的一马与其说是孤单，不如说是强迫自己拿出勇气，目送心爱之人远去，将自我封闭于孤寂中。

一马每隔一两个月来东京，世事变迁总带给他心中无比的冲击。记得去年春天，他和现任妻子彩华夫人相识。听说彩华夫人从学生时代就开始学作诗。身为文坛主流诗人，素有鬼才之称的歌川一马对于文学少女而言，自是颇具魅力的，那时她以朋友身份造访过一马三四次；当然，彩华夫人学诗一事只是幌子，因为她根本就是个与吟诗作对无缘的人，因此从学校毕业后，就没再与一马有所联系。

两人去年重逢时，彩华夫人正和一位名为土居光一的画家同居。虽然他的画作被赞许极富幽默感，也有鬼才之称，我却不以为然；充其量只是在类似超现实主义的构图上，随手抹些充满感官、煽情又挑逗的色彩，毫无孤独或凛冽的虚无感。坦白说，他只是个取巧商人，一个投时代所好，莫名其妙被吹捧出来的名人。不论画作本身还是创作态度都很商业化，加上名人光环，虽然战后是画家最艰苦的时期，他还是透过杂志社与文坛的人脉，借着插画赚进不少银两，他那自诩鬼才的幽默画风也得以传开。

一马个性与土居完全相反，性格极度压抑，不知是否因为时代变迁让他有所觉醒。倘若我被老婆戴绿帽，肯定会翻脸，可是他却表现出从未有过的执拗与决心，被老婆控制得死死的。

不过彩华夫人真是个美人坯子，特别出众。彩华这名字取得真好，个性奔放、天真烂漫，但不喜欢被束缚的她居然能接受顽固、正经八百，个性与她相差十万八千里的一马，说这女的天性放荡也不为过。总之，她最厌恶“贫穷”二字，虽然靠插画打响知名度的土居光一比起一般画家，收入不算太差，但随着物价水涨船高，连双绢靴也舍不得买给彩华夫人；相较之下，原本就是富家少爷的一马，家中经营酿酒厂，拥有几十万町步①山林地，就算不是出于已愿，台面下也会有大笔钱财进账。每次一马上京时，总是从金库随手抓一沓钞票，自然丝毫未觉钞票正逐渐短少。抓一沓七八万日元的钞票，就像抓一团鼻涕纸似的一马，在这百业萧条的时局，喜欢上嗜吃美食、一身华服的拜金女彩华夫人。彩华夫人倒也干脆地甩了土居光一，嫁给了一马。那是去年深秋时节的事了。

颇有生意头脑的土居光一，立即与一马促膝商谈，说什么就算风尘女的赎身费也要个三五万日元，最后竟然狮子大开口要二十万日元，虽然我居中斡旋提出十万日元，可最后一马还是花费了十五万日元才摆平此事。

---

① 町步，日本测量土地面积的单位，1町步约为9917平方米。

“什么跟什么啊？那女的没我不行啊！她可是很迷恋我的身体呢！我这副身材可是连外国女人都倾心不已呢！可不像那种蹩脚的三流诗人。等着看好了，她不久就会哭着向我道歉，重回我身边。”

土居光一对我这么说。不过，这位自信满满的东方唐璜①怎么看都是个不成大器的窝囊废。在彩华夫人眼中，男人连个屁都不如，也许土居就是超级乐天派女人自认全天下男人都是任她玩弄的商品。

土居光一开口要二十万赎身费时，自尊心似乎大受打击，因为他做梦也没想到堂堂大男人在乐天派美女眼中，竟然连个屁都不是。受到莫大伤害的他着实满肚子气，愤恨不已，甚至燃起复仇之心。或许不至于展开行动，不过他坦承自己勃然大怒，两人大吵一架，不欢而散。

土居光一还咯咯笑着说：“笨啊！吵架这回事对男人而言，可是重修旧好的机会呢！男女之间要是毫不相干，就不敢这么吵了。所谓‘床头吵床尾和’，夫妻之间就是这么回事，懂吗？”只见他一副胸有成竹的模样。

结果事实并非如土居光一所言，彩华夫人完全不将他放在

---

① 唐璜，浪荡子的象征，为西班牙戏剧家蒂尔索·德·莫利纳创造的虚构人物。

眼里，但也不认为嫁给一马会有多幸福。最令人不可思议的是，个性奔放的她倒也不会处处留情。身着华服的彩华夫人拥有白皙肌肤以及姣好身材，全身发光似的耀眼动人，如此美艳的性感尤物却对情欲一事不感兴趣，自然也不太可能红杏出墙；平素只是喜欢上京大肆采购，买些喜欢的衣服和鞋子，还会兴奋地穿着入睡。总之，她就是这么个不按常理出牌、令人捉摸不定的女人。

虽然彩华夫人惹人怜爱，也没有埃及艳后般的霸气，但却是个不懂得体贴别人的任性女子。非但没尽到为人妻子应守的本分，更遑论主动为丈夫做些什么，反正不论丈夫做什么，她都是一副事不关己的样子；这样的她在一马的心中，绝对称不上什么贤妻。一马在她身上得不到丈夫该有的尊严，而且再怎么抱怨也没用；每次一马对彩华夫人有所不满，她就勃然大怒；只见一马吓得一脸惨白，完全被吃得死死的，让他更觉得自己竟如此窝囊，心里越发不是滋味。

其实一马是因为深爱彩华夫人，才想尝尝偷腥的滋味。我猜他之所以招待我们这群傻瓜去府上避暑，倒也不见得是为了追求胡蝶夫人，因为像他这种公子哥儿就是喜欢吊人胃口，佯装什么都不知。当一马知道别人的老婆偷偷爱恋自己时，更是佯装不知地玩弄这段感情。反正只是一种游戏，并非偷情，也称不上追求，越是这样瞎搅和，越是不可能陷入情网，他这样说服自己。

这样的一马万万没想到自己竟然疯狂地爱着彩华夫人，还被耍得团团转。我能理解他的心情，他为了弥补情感缺口，才会邀请胡蝶夫人，想沉溺于地下情爱，玩弄胡蝶夫人的纯情。其实他是真心爱着彩华夫人，只是一不小心就会发生难以挽回之事，这是我的看法。

虽说是富家少爷出身，但年届不惑又是知名学者与诗人的他，其实是个宅心仁厚的好好先生。他那多愁善感、心思细腻的程度，我可远远不及。

其实为了一个私人理由，我实在不该接受邀约，因为那里聚集着粗暴无礼的望月王仁，伪君子丹后弓彦，还有个性大咧咧的驼子内海明。可想而知，他们会如何钩心斗角，相互倾轧，无怪乎外人称他们是怪人组合；像是在腐烂的蜘蛛巢穴里，聚集了一群纠缠不清的男男女女，气氛会有多么阴森诡谲，光想想就令人作呕。况且我的加入，更多了一个不堪的理由。

内人京子原是一马父亲歌川多门的小老婆，而且在众多妻妾中特别受宠。因为开战时不方便接她到老家避难（当时梶子夫人尚在人世），于是另外租了村里一栋空宅安置她。后来我与京子相恋，战争结束后便横刀夺爱，两人双宿双飞，返回东京。

听说多门老爷脾气火暴，生起气来一发不可收拾。贵为部长级高官的他原本政治前途看好，却事与愿违，遭到降职，从而促使他的个性变得更加乖僻。自然，我也成了他的眼中钉。去年夏天梶子夫人辞世，他随即看上村中一户姓下枝的人家的女儿，硬是雇她来家里帮佣，然后顺理成章纳为小妾。听说他十分宠爱下枝，事事都顺着这位芳龄十九的女孩。

“毕竟我和木兵卫、小六他们的立场不同，还是别去你家比较好吧！要是又惹令尊不悦，我也不好受啊！况且京子也不太自在，真的很不好意思。”

“等等，我希望你耐心听我说完。只有对你，我才能敞开心扉说话。这件事已经严重影响到我的精神，算是件有点老套的犯罪事件。”

只见他从口袋里掏出一封信。

“你看，想不到竟然有人如此恶作剧。”

常见的信纸上写着几行字：

是谁杀了梶子夫人？

无论是憎恨、诅咒、悲伤，还是愤怒，

一切都将在忌日当天画下句点。

字迹实在不甚秀丽，难道是为了不被识破，才刻意写出这种字吗？用的是便宜墨水，信纸还沾了许多污点。根据邮戳来看，应该是从隔壁城镇寄出的。从东京坐火车到一马家的话，得在那城镇下车。一马家位于距该镇七里远的深山，下了车还得走上一大段山路。不过这个偏僻小镇已经是距离他家最近的热闹之地了，所以村人大多到那里购物、办事。

“虽然没有指名道姓是给谁，但因为这封信是寄给我的，看来寄信人似乎咬定我是杀母凶手。如你所知，继母是在我母亲死后才被娶进门的，年纪和我也只差了三岁。去年八月九日辞世的她死时才四十二岁，可是我根本没有理由要杀害继母啊！继母本来就有气喘毛病，也就是所谓心气喘，因为这种病随时都有发作的危险，于是父亲提供学费，让一个落魄远房亲戚的跛脚儿子海老冢攻读内科，五年前来村子开业。因为深山中根本没什么医疗设施，不只内科，举凡外科、耳鼻喉科、眼科和齿科等，他都得包办。我很反对父亲轻率地叫他来此开业，屡次向他建议应该等海老冢学会各科医术后，再替村民看诊比较妥当，没想到父亲竟说：‘他可是我雇用的专属医生。’硬是叫医科毕业后，只在研究室待了一年的他来穷乡僻壤行医。海老冢骨子里仍有学究习气，心中相当不服，虽然表面似乎挺顺从家父，但其实完全不是这么回事。

“继母曾发牢骚，责备海老冢忘恩负义，但又怕他负气离去，所以就算再怎么不满也得忍住。气喘这毛病真的很折磨人，常让她疼得紧揪着榻榻米，匍匐在地与死神搏斗，就算不停注射止痛针也没用。一般的心气喘发作时都是这样，倒也没什么特别。正因为发作时痛苦至极，所以就算有人趁机下毒也很难发现。姑且不论什么出血、尸斑的，光是那痛苦模样就够说服人了。不过继母的出血情况和尸斑并无异状，死时面容安详，所以大家不曾怀疑死因，也就安葬了。

“我也是今年才耳闻传言，包括女佣和出入家里的外人，全都目睹她临终时挣扎的样子，所以八成是闲得发慌的村人穿凿附会，才会传出那种谣言。结果好事的邻人跑去问海老冢，只见他瞠目怒视，什么也没说。他就是这种个性，不喜欢与人争辩，也许因为天生残疾让他个性有些孤僻，总之就是一个沉默寡言、不擅与人交际的家伙。

“直到前阵子，全家人聚在一起用餐时，珠绪那家伙突然嚷嚷：‘最近村子里都在流传母亲是被哥哥毒杀的谣言呢!’当然，这是天大的笑话，珠绪生性喜欢恶整别人。说到她啊!他可是梶子继母唯一的女儿，可是母亲骤逝，她却连一滴泪都没掉过。反正已经没人管得动她了，她更肆无忌惮，更加放荡。不过，要说她是杀母凶手，也未免可笑。

“其实当时谣传凶手另有其人，就是你也认识的诸井护士。她也是个骚妇，和我父亲过从甚密，两人约莫在你和京子私奔后开始在一起，所以一心想当正室的她可能起了杀害继母的念头，怎么想都和村里的谣言不谋而合。反正那种穷乡僻壤，八卦满天飞也不是什么稀奇事。珠绪那丫头安慰我，叫我别为那种无聊谣言烦恼，但我心里就是不太舒服，也许大家只当这是茶余饭后的闲聊话题，但我就是耿耿于怀，睡不安稳。”

诸井琴路今年三十岁。大部分女人，尤其是年轻女子，总是崇拜英雄。随着战事兴起，平凡人家女儿都想当护士，梦想前往战地当白衣天使，可是这个叫诸井的女人却是那种理智现实、有些冷酷的女人；身高五英尺四英寸半的她，拥有日本女人难得一见的修长身材，长得也不差。好色的王仁曾说过，那种女人外表冷酷，内心却淫荡至极，搞不好还是那种极度纯情的女人。王仁还说如果有机会，想和她来个一夜情，但只是说说而已。

护理人员在战时可是非常珍贵的人力资源，诸井服务于一马父亲常去的东京某家医院，因为不愿被征调到前线，于是以自愿下乡服务为由，跟着一马父亲来到海老冢的医院。当然不是让她住在医院里，而是空出家里的一间客房给她，方便她白天去医院上班。不过，诸井除了照顾梶子夫人之外，还在外面兼了两份看护工作。

她看护的病人中，一个是来此避难，名叫南云一松的中风老者。一松的妻子由良，是歌川多门的亲妹妹，也算是半个病人，因为身体本来就很孱弱，所以性情有些歇斯底里，与梶子夫人交恶颇深。虽然多门老爷不太在乎什么手足之情，也不太理会别人的看法，可是当妹妹一家疏散至此时，他也尽力帮了不少忙，还累出病来。人就是这样，杵在那么大的家里，要什么有什么，久而久之也就忘了寄人篱下之苦。不过女人可不这么想，何况梶子夫人是续弦，年纪足可当多门的女儿，因此从以前开始，这两个女人就极度交恶，根本无法同住一个屋檐下。

由良生了一男四女，长男是技术人员，远赴他乡。听说在这场战争中殉职于潜水艇上。两个女儿已不在人世，一个远嫁中国东北，只剩小女儿千草小姐待字闺中，随夫妇俩一起来此避难，不过她与梶子夫人的女儿珠绪小姐也处不来。珠绪小姐是个标致美人。千草小姐却是不折不扣的丑女，不但有一对斗鸡眼，还满脸雀斑。身材圆滚如猪，又有神经质的她，个性十分乖僻，又善妒，所以个性奔放的珠绪小姐就算有几句无心之言，也会挑起她的恨意。加上珠绪小姐又是那种直肠子的人，两个女人总是吵个不停，这也是双方母亲交恶的原因之一。梶子夫人是那种会向短歌杂志投稿和歌之类的风雅之人，虽然算是个稳重大方的贵夫人，却有着精神洁癖，一旦讨厌就会彻底抹杀对方。

另一个病患是加代子小姐，她也是一号问题人物。母亲早逝，祖父喜作和祖母阿传在歌川家帮了一辈子的佣，两个人都是那种笑容满面，人见人爱的长辈。

虽然加代子小姐表面是两位老人家的孙女，其实是多门的私生女，在多门家帮佣的母亲未婚生下的女儿；虽然她住在用人房，但不用帮忙家事。打扮称不上华美的她有一股清新气质，是那种聪颖纯洁，像一湾净水般的清秀佳人。可惜十七岁那年患了肺病，就读女校四年级时，在宿舍病发住院，出院后便终日窝在女佣房，看书打发时间。

她比珠绪小姐虚长两岁，记得珠绪小姐芳龄二十二，加代子小姐就是二十四，千草小姐又比加代子小姐年长两岁，所以是二十六吧。

加代子的存在之所以令梶子夫人感到烦闷是有原因的，虽说是婚前发生的事，但夫人似乎难以释怀。我知道得不是很清楚，谣传加代子小姐的母亲是因为梶子夫人要嫁入歌川家，才上吊自杀的；因此加代子小姐的身体之所以那么虚弱，全是梶子夫人下的降头①。因为加代子患的病首重食疗，所以梶子夫人虽然不情愿，还是特别吩咐要为她准备滋补品，定制些像样的衣服，就连诸井护士也被交代要小心照顾加代子小姐。

因此，只要加代子轻微发烧，诸井就不去医院，专心看护她。就算南云夫妇身体不适，诸井也会以忙得走不开为借口，叫他们自行就医。加上诸井护士是个不重情分的冷酷女人，因为讨厌愚蠢又歇斯底里的南云一家人，所以根本懒得理会。这么做的结果，就是外头的闲言闲语全落到梶子夫人身上。

听说梶子夫人病危，死前在榻榻米上痛苦挣扎时，问了一声："大家都在吗？"气若游丝的她所说的话，当然不可能每句都听得一清二楚，不过她似乎说了"我不想看到南云一家人"之类的话。其实就连坐在夫人枕边的珠绪也无法确定夫人是否出过此言。

"凭这几行字就想吓唬我，这封威胁信真是可笑至极。大概是逃难到村里的无聊家伙干的吧！我承认对你提出这要求真的很任性，其实我更需要京子小姐的协助。"

只见一马像宿醉似的，面色惨白。

---

① 降头，流行于东南亚地区的一种巫蛊之术。

“我就不拐弯抹角，开门见山地说了。我从以前就深爱着加代子，虽然我们算是兄妹，但我并非抱着情色之心，而是有如敬慕圣母似的爱着温柔的她。伤脑筋的是，加代子对我的爱慕远超过想象，也许你会责备我，书都念到哪儿去了？怎么说出如此荒唐之事？兄妹怎么可以相恋？但她的确深爱我这个哥哥。为什么？为什么我们非得在乎别人的眼光？你看着我啊！我已经不想管别人怎么说了。我被她那纯洁的深情打动，就算这么死去也无所谓。这是多么崇高的情操啊！你一定无法相信吧？再也没有比这份爱更崇高的了。告诉你，加代子已经舍弃世俗，她很聪明，什么都知道，像神一般能看透所有的事情，就连自己的宿命也是，我简直意乱情迷了。我在想，若违背神意做点坏事，又会如何呢？但心想肯定不妙，马上打消念头。我们绝对不能发生关系，死也不能，毕竟不敢犯神；无奈终究控制不住，加代子握住我的手，我们接吻，虽然那是个冰冷又悲伤的吻，两人却仿佛化为一摊水，只有一句话可以形容，那是一种庄严而悲痛的深情。‘我们结婚吧！神一定会原谅我们的，再一起死去。’加代子这么说。可是我还不想死，我没办法如此单纯，我是个坏蛋！”

一马痉挛似的嘶吼着，可惜我生来就是个冷血鬼，丝毫不为所动，只见他像动物园的猛兽般逐渐恢复乖顺。

“我是个不折不扣的坏蛋。”

“我明白你的心情，像你这种年纪的男人，个个都是坏蛋。你已经拿彩华夫人无可奈何，胡蝶小姐的事也是，所以难免想叛逆一下。我想加代子是因为除了你，从没接触过其他男人，才会爱慕上你；所以你们这段情既谈不上崇高，也不算近亲通奸，一切都是出自你的幻觉。说穿了，就是抗拒不了处女的魅力，除去这个理由后，你们的爱根本微不足道。你可别生气哦！难道不是吗？其实你只是因为被彩华夫人这个魔女吃得死死的，想叛逆一下罢了。兄妹相恋没什么大不了，有时叛逆一下，释放被压抑的情绪也不是坏事啊！不过听你这么说，还是有点提心吊胆就是了，万一你们真的发生关系……”

“你这番话多少让我得到救赎，虽然我不怎么赞同。那些解释我一个人听听就行了，千万别流传出去。也许我就是希望能听到你的这番话吧！加代子除了京子小姐之外，没有其他朋友，她每天都很想念京子小姐呢！虽然明知会加重病情，还是常常步行一里山路去找京子小姐。即使被责骂，她还是执意要去，就算发烧昏睡，醒来还是偷偷出门。那时的我视京子小姐为杀害加代子的妖婆，十分憎恨她，所以请你带京子小姐一起来做客，安慰一下加代子吧！能胜任这角色的，除了京子小姐外，别无他人。我知道这么做真的很强人所难，可是我已经没有办法可想了。恳求京子小姐无论如何助我一臂之力。”

这番请托真叫人为难，况且不是我单方面能决定的事，回去若向京子提起，肯定会遭到拒绝吧！俗话说：“解铃还须系铃人。”一切都得看当事人的意愿，否则谁都救不了。想想，倘若加代子想不开而自杀的话，我也肯定睡不好觉；但是就京子的立场而言，她当然不愿意再访山庄。

因为京子的决心如顽石般坚定，一马只好放弃。三天后，木兵卫与小六这两对夫妻一同造访了山庄。

二、意外的访客

七月十日早上，一马寄来一封信：

七月十五日旅行社会送车票过去，请搭那天的末班车过来吧！无论如何这忙你一定要帮。还有，三张车票中其中一张是给巨势博士的，请代为说服，务必请他同行，先给你磕头称谢了。

恐怖的犯罪行动即将展开，血光之灾接连不断。只能拜托你和巨势博士，以及京子小姐。京子小姐啊！拜托你了。眼前将是一片幽暗血海。

十五日下午，旅行社果真派人送来三张车票，告诉我们往N町的末班车于晚间十一点三十分发车，翌晨七点左右抵达，刚好赶得及搭上首班车。

这是一马托旅行社带来的口信，搞得他好像也在旅行社担任企划宣传似的。

一马有时真的很一意孤行，总让我措手不及，偏偏心软的我总是顺应他的要求；想想，他还真是个损友。话说，女人就是存有妇人之仁，会被什么崇高的兄妹恋给打动。京子起初态度强硬，说什么也不肯去，但一马那封信实在写得扣人心弦，让她态度软化，决定同行。当然，我也照他交代，前去拜访巨势博士。

虽然号称巨势博士，其实也不是什么博士，只是个比我和一马年轻十一岁，二十九岁的年轻小伙子。

十七岁那年，他还是个中学生时，说什么想成为小说家，希望我收他为徒。我告诉他，像我这种初出茅庐的生手也无法教他什么，请他另觅名师；没想到他竟然回了一句莫名奇妙的话："年轻人就是要和年轻人在一起，才叫志同道合啊！"

不久后，他迷上侦探推理，进了大学，修习的是美学这项时髦课程。我想八成是因为这家伙不用功，自觉进不了其他热门科系吧。

但是他在推理方面，倒是拥有惊人的才能，可说是个天才。我们见识过许多他亲手解决的实例，他那精确的观察力，能够仔细分析人心的微妙差异，着实令人惊叹不已。任何案件只要他经手，便能有条不紊地勾勒出嫌犯的犯罪心理，并精准剖析谜团，经过演算后得出答案。至于他是根据什么算式求出解答呢？总之，他那变幻莫测的公式，总是让我们百思不得其解。

对我们文人而言，人类是不可或缺的存在。因为人类的心理就像无止境的复杂迷宫，所以文学才得以存在；但是那家伙却能将人心剖析得一清二楚，明明白白。

“既然你这么了解人心，为何会写出那么不入流的小说呢?”每次我这么损他时，他便如此回应：“哈哈！就是因为写不出好小说，才那么清楚犯罪心理啊!”

这家伙的词典里八成没有“谦逊”这个词，他说的话总是如此卓有见识，对人的观察也只停留在犯罪心理这条底线，不会迷失于前方无数条迷途，这是他的过人之处。

所以这家伙没有文学天分。因为文学家的观察没有一定的界线，虽然他是推理天才，却是不折不扣的文学白痴。

虽然我们绝对认同他的推理手腕，尊称这个不用功的懒虫为博士，但这家伙非但没什么学问，而且在他那堆经书、《落语全集》之类的正经书底下，尽是些色情书刊、电影杂志和相扑节目表。他整天沉迷于这种东西，对于鄙俗事物可说无所不知。

当我将信递给他，拜托他同行时，他说："这样啊，避暑好像不错呢！有好吃的吗？只可惜今晚不方便啊！"

"为何?"

"哎，我就老实招了吧！耳朵凑过来一下，幽——会，明白了吧?"

"博士也会干这种事啊？对方肯定是个娼妓吧！"

"哎哟，怎么这么说呢！那就劳烦您先行，我搭明天的夜车过去，还真想带她同行呢！"

"带啊！不必客气。"

"不行不行，怎么能让神圣处女落入虎狼堆呢！"

"原来博士喜欢幼女的啊？我居然拜托了个不怎么入流的家伙。"

我依照一马信中的要求，准时出发。

这时搭火车旅行算是挺奢侈的，没想到我却坐卧不安，连上个厕所都没办法。不过，这趟旅程还算平顺就是了。

我们一抵达N町，便巧遇意想不到的人，那就是神山东洋和他的妻子木曾乃。当他们叫住我时，两人掩藏不住讶异的神色。

战时，曾在山庄见过神山夫妇。身为律师的神山直到八九年前还担任歌川多门的秘书；妻子木曾乃本是活跃于新桥一带的艺伎，后来成为多门的妾，却与神山私通。后来，神山辞去秘书一职，但偶尔还是会回山庄拜访。身为律师的他拥有灵活的商业头脑，和一副犹如帮派分子般的结实体格。其实歌川家上下都不喜欢他，连女佣也不给他好脸色看，就算他想找人搭讪，人家也懒得理睬他。

“这位是京子小姐吧！对了，我想起你和矢代先生结婚的经过呢！原来如此，文人表面温文儒雅，遇到这种事还是会抛开君子风范啊！真是不好意思，有所冒犯，今后还请多多指教。”

我缄口不答。

“矢代先生也是受歌川先生之邀吗？”

“你也是吗？”

“哈！什么跟什么啊？真是服了他，居然会有这种事。”

结果一坐上公交车，我又吓一跳，没想到再度遇上意想不到的讨厌家伙土居光一。虽然他一派自然地点头示意，但身子并非前倾，而是向后仰，这家伙简直把别人当白痴耍。

“哟！你要上哪儿啊？”

“问我要上哪儿？都来到这不毛之地了，还能去哪儿？当然是去歌川一马家呀！你不也是吗？”

这家伙又是因为什么事而来呢？

“你又是为了什么事而来呢？”

“别装傻啦！我找那蠢诗人会有什么事啊！赎身费都已经拿了，虽然全都拿去买醉花光了，但还不至于沦落到要挟别人再掏钱啦！是那家伙要我务必赏光，去他那里避暑，说什么已经准备好美酒佳肴之类的，真把我搞得一头雾水呢！反正有酒可喝，不去白不去，是吧？”

他看着京子，哼笑一声。

“你就是京子小姐吗？果然是个标致美人，全身充满女人味呢！贤淑温厚，又擅长喜新厌旧是吧？真是个美人啊！可惜我慢了一步，要是战时来这村子避难，京子小姐肯定会投入我的怀抱吧！不过，你们居然明目张胆地一起来歌川家，看来矢代大师也挺有胆识嘛！基本上，不够幼稚的人还真看不懂您的小说呢！”

一马到底在想什么？到底在打什么如意算盘？光是看他的信就已经觉得荒谬，现在更觉得不安，总觉得会发生什么事。

至少也要让我明白到底他在筹谋什么啊！

一下公交车，就有个年轻男佣等着帮忙搬运行李。从这里还得上坡下坡，走个近一里的山路，往往走到一半就累得发昏。

一行人终于来到歌川家。经过警卫室时，有两个女人从林荫处往我们这儿走来，原来是彩华夫人和宇津木秋子前来迎接我们。

当彩华夫人走近我们时，突然怔住。只见她一脸疑惑，土居光一见状，主动出声招呼。

“哟！大富豪的夫人，还劳烦您亲自迎接呢！什么？跑腿费？好久没好好疼惜你啦！”只见光一大步走向彩华夫人，欲上前抱个满怀，作势要亲她。

“你来做什么？”

彩华夫人惊慌失措地躲到宇津木小姐身后，光一似乎不以为意，摆出想一次占两个女人便宜的样子。

“哟！今天是怎么啦？咦？您是哪位啊？宇津木秋子小姐。哦，就是那位知名女作家啊！不好意思，没认出来。没想到您如此年轻貌美，找个机会再好好向您打声招呼。没办法，我的旧相好已经等得不耐烦了。”

光一猛地抓住彩华夫人的手，夫人拼命甩开，退后五六步，喊道：“恶棍！下流！这里不是你该来的地方，给我滚！来人啊！”

只见夫人仓皇失措地看向我们，因为光一又想扑上前抓住她；一脸惨白的她吓得说不出话来，赶紧逃之夭夭。光一别过头，掏出手帕擦拭额头上冒出的汗水。

“只能说，女人一看到心上人就冲昏头脑吧！为何女人面对朝思暮想的人，就是无法坦率呢？你说呢？宇津木小姐。看来日本女人对于情爱一事还有待加强，是吧？”

因为先到的宾客都去瀑布那里冲凉，只有一马和驼子内海出来迎接我们。

我累得连话都懒得说，泡完澡，用了点啤酒和三明治当作午餐后，困得直打盹，随即钻进被窝沉沉睡去。山里的凉风让我这副被暑气压迫的身躯倍感舒适，醒来时已经黄昏了。唯独有件事让我失望，那就是听不见蝉鸣。到了月底，应该就听得见了吧！梳洗时，女侍过来叫我，京子也敲门问：“您终于醒啦！大家都已经在享用美酒了。”

“我睡得可真是熟啊！”

我打了个大哈欠，准备下楼。

三、不速之客

我很讨厌望月王仁，文坛也没人对他有好感，甚至没有人认为他有才华。因为他不知礼数也就算了，还在众人面前大方地与有夫之妇接吻，是个连强奸暴行都干得出来的家伙，总以为天下女人全是他的囊中之物，所以迄今还是个“王老五”。

不过他在传播界倒是挺有人望，还不是因为他爱摆阔，况且媒体人比的不是思想，而是笔力，因此全为他的笔杆所眩惑。加上媒体人无法以历史观点思考，只能以现实表象判断事物，因此身为当红流行作家的他自恃傲慢，狂妄自大；说什么没他那种信念无法成为艺术家，将自身的傲慢无礼，美化成一种品德，好色乃是一介天才的证据，自己与普通人的神经构造不一样等，极尽扭曲之词。

加上土居光一同行，文坛与画坛两大惹人嫌的野兽正面交锋，我当然是抱着看好戏的心态。原来如此，一马在玩这花样，全是他搞出来的把戏，我却只顾着被这群家伙激怒，丝毫未注意他们只是酌酒小菜而已。

没想到我的期待却落了空，他们果真非等闲之辈，尽管粗暴神经发达与流氓无异，却完全没起过任何冲突。

“哟！光一，你不喝几杯吗？”

听到王仁这么说，光一只是报以微笑，他几乎滴酒不沾。反正这家伙根本不用借酒壮胆，依然敢在人前吃女人豆腐，所以酒对他而言，是非必需品吧。搞不好还怕一喝醉就睡意袭身，反应变得迟钝也说不定。

反正王仁不管有没有醉，照样吃女人豆腐，黄汤咕噜下肚，还打了声嗝。

光一突然起身走向胡蝶夫人，牵起她的手，说：

“我们来跳一支舞吧！胡蝶小姐。很久以前，我就已经见过您在舞台上的风采，实在倾心不已，多么美丽的可人儿啊！多么迷人、纤细又富心机，不过我就是喜欢这种邪恶的美，来吧！跳一支舞吧！"

胡蝶平静地缩回手，冷冷地回了句："不要。"

王仁咯咯笑，出言讥讽："光一，真是败给你了！哈哈哈！居然一开始就追求这个路易王朝时代的三流妓女，可见你有多肤浅。亏你还受过法国文化熏陶，看来根本没学通西洋之学嘛！怎么可以在人前追求妓女呢？因为妓女希望在别人眼中看来像个不惹尘埃的淑女，所以在人前应该追求像妓女的假货，就像这样。"

王仁起身牵起珠绪小姐的手，突然紧抱住她，按倒在沙发上强吻。珠绪倒是泰然自若，两人一番亲密后，抬起头说：

"如何？光一先生。明晚也能给你这样的服务哟！到时可别慌得发抖，我可是最讨厌懦弱的男人呢！丹后先生，我们来跳一支探戈吧！"

丹后摇摇头。就在他摇头时，珠绪小姐早就走向内海，一本正经摇着头的丹后活像个人偶。

"内海先生，你有时也要露露脸，沐浴在镁光灯下啊！别缩在一旁嘛！大大方方地让大家见识一下啊！"内海脸上浮现开心的笑容。

"我只有主演'圣母玛利亚'时，才沐浴在镁光灯下过，那时还是人家拜托我演出呢！"

“哇！真的啊！好厉害哟！今年夏天也在这里表演一场吧。刚好可以请人见先生撰写剧本。”

“好主意！我可以负责设计剧目。不如就来个村落公演，让村人掏钱吧！”

“村人看到光一设计的剧目，肯定会被吓得落荒而逃吧！我看你还是别插手的好，难得女演员到齐。你啊，除了安排情色舞蹈之外，还会什么？”

王仁突然紧拥珠绪，强行脱去她的套装。就算连身内衣已经从王仁手臂滑落，珠绪依旧镇定，也没露出什么促狭表情，只是默默地看着王仁从容脱去她身上的内衣，剥得仅剩一件衣物。

“够了吧！还要脱吗？”

一马焦急地抓住妹妹的手：“给我滚回房间去！”

“反正迟早要进去，这样倒省事了。”王仁说，一把抱起珠绪。

“喂！别太过分了！”

“哥，别生气嘛！就算是鬼，也不会让自己的孩子裸身示众吧！反正都已经省了几道工夫，好戏也演完了。接下来就容我们先走一步喽！待会儿是属于我们的恋爱戏码，谢绝参观。”

王仁就这样抱着珠绪，道了一声歉，走向自己的房间。

过了五分、十分钟，两人都没回来。也许这幕情景常在都市某些酒馆上演，但从没目睹过就是了。果然连光一也一副瞠目结舌样。

“作风可真是豪放啊！歌川家果然是最佳娼寮。要不是曾在法国偏远地区打滚过，我年轻时也会培养像登山之类的兴趣。对了，我今晚的对象是谁呢？那么就知名女作家，才气女诗人，如何？”

只见宇津木小姐苦笑着说：“随便你，不过我今晚已经有约了。”她挽起先生三宅木兵卫的手，“我们先去休息了。”

“哦，是吗？那好吧！”

光一倏然起身往前走，打开客厅通往走廊的门，摆出像是饭店男侍的姿态，彬彬有礼地点头目送两人离去，大家也趁势回房。

我们一回房，一马立即跟了过来，一脸焦急样。

“你真是太沉不住气了！为何那么焦躁呢？真想掐死你。”

我并不打算安慰他。

“我没时间和你闲扯，这到底是怎么回事？搞得我一头雾水，你是拿到旅行社的票才来的吧？”

“是啊！”

“有收到我的信吧？”

“当然看啦！所以只好来了啊！虽然巨势博士没有同行，不过他明天应该会过来。”

“巨势博士？”

“怎么了？”

“为什么他也要来？是谁请他来？”

“我也不知道啊！因为你的信上写着要带巨势博士一起来呀！”

“我写的信？”一马怔怔地看着我，“我才没那么写呢！我只邀请你们两位来而已。啊，我明白了，这是个诡计，而且这信不只写给你，为什么要这样？到底是哪个家伙干的？我发火了！分明就是有人恶作剧嘛！我只写给你们，神山东洋夫妇也就算了，我怎么可能邀请土居光一那家伙来啊！可是他却收到请帖，而且和你一样是旅行社派人送给他的。我的确是将车票和信交给旅行社没错，可是只有给你们夫妇，也没有邀请巨势博士。”

这次换我怔住。我不曾怀疑不是他写的信，因为的确是他的笔迹。幸好我去拜访巨势博士时，为了拿给他看，顺手将那封信塞进口袋，就这样一起带过来。当我掏出那封信给一马看时，只见他斜睨着那封信说：“肯定是某个家伙打开我的信，重写一份送出去的，为什么这么做呢？”因为我的信是这样写的，听清楚喽！”

“七月十五日旅行社会送车票过去，请搭那天的末班车过来吧！无论如何这忙你一定要帮。‘还有，三张车票其中一张是给巨势博士的’，请代为说服（京子小姐），务必请他同行，先给你磕头称谢了。

‘恐怖的犯罪行动即将展开，血光之灾也将接连不断’，只能拜托你和‘巨势博士’了，以及京子小姐。我等着你们到来。眼前将是一片幽暗血海。”

“也就是说，‘’部分不知道是谁写的，（）则是被省略的部分。什么‘恐怖的犯罪行动’，哪里都有可能发生，不是吗？至于最后那一句‘眼前将是一片幽暗血海’，确实是我写的没错。因为那时我满脑子想着兄妹相恋之罪而烦恼不已，才会这么写。老实说，是有点夸张啦！因为你们要是不来，我会很困扰的，况且为了打动京子小姐，才会刻意写得夸张些。‘京子小姐！拜托了！我等着你们到来，眼前将是一片幽暗血海’，居然让你看到如此莫名其妙的句子，还请京子小姐见谅。可是改写这封信的家伙，究竟有何企图呢？莫非真的想犯罪不成？怎么会这样呢？现在的我和你就很想杀人啊！因为全是一群讨厌家伙！气死人了！真想宰了他们算了。现在不管是谁，只要是住在这里的人，都会想除掉两三个人吧！”

信上的确是他一马的笔迹没错。但仔细一看，有些笔迹是经过模仿写出来的。

“那这张纸呢？”

“我们家的信纸。”

“平常是摆在哪里的？”

“摆在方才客厅一角的桌上，一旁还有墨汁和笔，当然还有信纸。”

“是谁负责寄信呢？”

“自从你们离开后，邮局就没人手了。迫于时局无奈，寄个信得从这里徒步一里远，反正一直都是这样，早就习惯了。有时也会托送信来的邮差帮忙带回去，可惜没人寄信到我家，还是得配合送信时间特地跑一趟。要寄的信件都放在玄关的桐木箱里，所以谁都可以随便拿信去寄，也有机会冒名涂改。”

“幸好明天巨势博士会来，来得可真是时候，不是吗？而且还是犯人指名要他来呢！为什么要叫巨势博士来啊？这家伙居然让巨势博士插手，可真是败笔啊！因为这家伙可是推理的天才，每次搜查犯人时，都会被他牢牢抓住难以破解的端倪，他就是有这样的特殊本领。”

“那明天见了。”

“看来我们似乎会陷入犯罪渊薮，被耍得团团转，只是一味胡乱猜测犯人罢了。对小说家而言，每个人都有可能是犯人，所以再怎么想也是白费工夫。”

一马说完便回到自己的房间。

每间房间都静悄悄的。

“总觉得心里毛毛的，愈来愈不对劲，莫非真会发生什么恐怖的事?”

“什么样的恐怖的事呢?”

“什么样啊……我也不知道。不过好像真的会发生什么事的样子。”

“该不会是娼寮犯罪事件吧？都是光一这家伙，说什么娼寮，实在是胡诌。”

“我今天和加代子聊过了。虽然只是稍微寒暄一下，不过她对一马的感情，似乎比想象中来得深。罪恶全是人类自己搞出来的，随便建立起来的观念，只要活得自在又哪来的罪恶感呢？她义正词严地对我这么说。”

“因为知羞耻，所以才有罪吧!”

“我觉得你的歪理邪说，就像加代子的‘三千烦恼’一样呢!”

“我知道啦，诸位女士的烦恼是很深邃的东西。睡吧！不过好像睡不着哟！”

虽然白天睡得太多，但还是很困。

这时，从走廊传来我听太懂，好像是法国香颂之类的歌曲，原来是珠绪小姐哼着歌走过去。只见她一踏上楼梯，便啪嗒啪嗒地飞快下楼。

“哎呀！珠绪大小姐回来啦！”

瞄了一眼时钟，十一点十五分，我关上灯。

【附记】

关于这篇小说，我愿意提供赏金，将这篇小说的解谜篇稿费，双手奉给能够找出犯人且推理正确的读者。每项细节都会在杂志上发表，大概预定连载个九、十回，斗胆与各位比个高下。若是没推敲出来，可是不奉上稿费哟！我看赏金大概可以省下来吧！

坂口安吾

四、第一位被害者

翌晨，七月十七日早上六点半，我们出门散步。人称三轮山的偏僻深山中有座神社，称为三轮神社，奉祀奈良时代流传下来的神祇，茂林围绕的神社就像个玩具般小巧。在三轮山中，还有一处隐藏于山毛榉密林中，约三町步左右大小的大水池，水色碧绿得不可思议，犹如精灵潜息其中，甚至传说三轮神社的池水终年不干涸。

这一带风景艳丽，深沉而孤寂，令人心平气和；对我而言，是这山村最富魅力之处。我在附近逛了一圈，准备七点半回去用早膳。通过内门，经由酒仓绕到正门时，遇见站在内院小溪旁正在擦拭身体，做早操的海老冢医生。

“哟！昨晚也留宿了吗？”我向他打了声招呼，他只是盯着我们瞧，没搭腔，还真是个性格乖僻的怪人。一看他那双粗细相差极大的瘸脚，便明白他是因为患了小儿麻痹，身有残疾的缘故，所以对我们所有的人似乎都怀有敌意；就算主动向他搭话，也得不到任何回应，来山庄度假的骚人墨客每晚饮酒作乐时，他总是静静地坐在一旁，臭着一张脸，搞不好他本人觉得挺自在的呢。

一到客厅，发现大家全到齐了，正准备前往饭厅用餐。海老冢医生迟了一会儿才到，接着是一脸倦容的宇津木秋子姗姗来迟。

“头好痛啊！实在没什么食欲，而且想到大家一早都会聚在一起用餐，又睡不着。”

“昨晚熬夜吗？”胡蝶小姐问。

“没有，反而因为睡得太沉了，现在还是很想睡，可能因为山里安静好眠吧！毕竟平常作息不规律，一旦生活变得有规律，就觉得自己身体也不算差嘛！”

“因为缺德淑女喜欢日行一善喽！”光一扬声说道。

“可以给我一杯水吗？”

“该不会生病了吧？”彩华夫人问道。

“嗯，平常跟饭桶没两样的我居然没食欲，可能生病了吧！”

“该不会害喜了吧？”光一说。

“还是请海老冢医生帮你看一下比较好吧？”

一马慰问前妻。只见现任丈夫木兵卫绷着脸，似乎不太高兴，反正这对夫妇迟早都会一拍两散吧。

“真讨厌，该不会真的生病啦？”

“人家不是说长智齿会发烧吗？宇津木小姐，你最近声名大噪，突然变得很活跃，这就是证据喽！”驼子诗人内海也出声奚落。秋子于战后一跃成为当红女作家，的确出人意料。

“尽情享受人生，分手也愉快。宇津木小姐现在可是意气风发到连神明也只能给她一点食欲不振的惩罚。我说啊，宇津木小姐是不是天才呢？”丹后弓彦也挖苦道。

“哈哈哈！大家这么在意缺德淑女食欲不振啊？是不是有谁特别‘不振’呢？”光一的言辞还真是三句不离黄腔。

众人用完餐后，珠绪才姗姗来迟。

“哎哟！大家已经在喝咖啡啦！我睡过头了，好困哟！”

“你当然困啦！”光一插嘴道。

“我没什么胃口耶！王仁先生大概还在睡吧！”

只有王仁还没出现。光一笑容满面地说：

“果然，男人比较贪睡呢！就算是王仁兄那种体格，疲劳程度可是绝对超过珠绪小姐。我说宇津木小姐的小说啊！因为插画无法以下流之事当题材，所以才显得高贵，反观文学可是污秽得很呢！”

“我去叫他。”

珠绪小姐一派自然地说，边哼着歌，边登上楼梯。过了一会儿，只见她面色惨白，神情恍惚地回来，一副连话都讲不清的样子。

“王仁先生死了。”一马惊讶地抬起头，惊呼，“你说什么?!”

“王仁先生被杀了。”

只见珠绪踉跄地坐了下来，情绪才稍微平复些。一马缓缓起身，频频环视众人，说：“寸兵，你跟我去看看。大家稍安毋躁，我去看一下。寸兵你也一起，还有海老冢医生。”

众人陷入沉默，于是我和海老冢医生起身，三人走出霎时静寂的房间。

王仁果真惨遭杀害，一丝不挂的他被一刀刺中心脏毙命。那把匕首就像别在他身上的胸针，突兀地插着；不可思议的是，几乎看不到什么血。这家伙没杀过人，却被人杀害，犹如谎言般令人无法置信。这家伙到底是被谁杀害？我心中竟然泛起一丝丝快感。看着眼前这个人莫名其妙的惨死，有一种不太真切，担心受骗的不安感。

海老家医生测了一下脉搏后，替他合上眼。

“他已经断气了。”

“真是自作自受啊！”我竟然不经意地脱口而出。

一马默默凝视片刻后，才缓缓回过头来。

“我们先出去吧！保持命案现场完整。没办法，这种事藏不了，还是得报警。”

我们步出走廊，下意识看了一眼手表，八点二十二分。一马打电话到村里的警局报警，然后返回饭厅。原本沉默的众人频频询问，一马和海老家却沉默不语，我只好代为开口。

“王仁死了，是被杀死的。”

“确定是他杀吗？”光一问。

“很明显是他杀。也许有人和王仁一样也是个怪人，但大概没能耐表演拿短刀刺向心脏的绝技吧！”

这时，秋子小姐神情骤变，不知是受到惊吓，还是……发现我偷瞧她，立即神情严肃地看向我；不过除了我以外，还有一个人也在观察她，那就是珠绪小姐；只见她突然指着秋子小姐，歇斯底里地大喊：

“我知道凶手是谁！就是女作家宇津木秋子小姐。果然了不起，连杀人这种事也敢做。”

珠绪倏然站起，企图揭穿戏法似的，将握在手上的小东西示众。

“这个打火机是宇津木小姐爱用的 DUNHILL，没错吧？除了宇津木小姐之外，在座男士没有人有这牌子的打火机。它就摆王仁先生枕边的桌上，桌上的烟灰缸还留有沾着口红的烟头，但是直到我昨晚离开房间之前都没有看到这东西。总之，我说的句句属实。”珠绪将打火机丢到桌上，打了个哈欠，瘫靠在椅子上。秋子小姐露出像被判决有罪的神情般，抬起微微颤抖的脸，说：

“说我是杀人犯，少胡扯了！什么匕首，我根本不知道！”

“别吵了。虽然确定是他杀，但搞不好每个人都有想杀那家伙的念头。我想谁也不想当令人尊敬的头号杀人犯吧？所以搞内讧、互相猜忌，签什么自白书，不过是自欺欺人的方法罢了。”

一听到我这么说，“原来群魔乱舞，就是这么回事啊！”

海老冢喃喃自语地站起来，和我并肩而立，他的那番话直闯我耳里。正当他准备转身离去时，我说：

“海老冢医生，一直到调查结束，我们都得留在现场哟！”

“我可不像你们这么悠哉，还有一大堆病患在等我，况且我天一亮就走了三里远的山路过来。杀人事件？哼！不过就是自食恶果嘛！就算百姓命如蝼蚁，对我来说，也是很珍贵的。各位，先告辞了。”

“你这个装模作样、爱慕虚荣的医生！”光一毫不客气地叫住海老冢医生。

“别残害那些病患啦！你那种眼神只有在精神病院才会出现吧！居然让你这种家伙把脉，山里那些家伙还真是乐天派啊！”

值班巡警赶到。这位名叫南川友一郎的刑警是个推理小说迷，但可能是初次碰上这种事，只见他紧张得全身僵硬，小心翼翼地在命案现场房门贴上封条，然后向大家叮嘱切勿破坏命案现场后，打电话回报警局。

“嗯，这里发生重大命案，听得到吗？死者是住在东京的当红作家望月王仁。是的，没听说过吗？不是那种三流作家啦！是啊，很麻烦呢！局里有熟知文坛的人吗？”

五、猫铃

一行人从警局本部来这座山村，起码得花上五个小时，这段时间由长舌的南川巡警负责留守现场，所有的人都被要求留在饭厅，所以没办法出去散步。

“哎呀！脚印都不见了，走廊也是，真是的。即便是一根毛发，鞋子上掉的一粒沙，都有可能成为破案的关键，听到没？这些可都是很微妙的东西呢！得靠各位帮忙，耐心费些时间，才能发挥犯罪科学的伟大之处。”

警方只开了一条通路，让大家方便上洗手间。巨势博士于十一点半左右抵达，我和其他人一起迎接他，只见一个身高五英尺，有一张圆滚滚的娃娃脸，看起来约莫二十三四岁的矮个子年轻人走进来，虽然吵起架来得理不饶人，却毫无大侦探的架势。听我和一马说明时，仿佛自己被侦讯似的，“是、是”，毕恭毕敬地应答。

“这就是那封伪造过的信，依你的眼力应该能轻易识破吧!”

“没这回事，我没那么厉害啦！嗯，这是歌川先生的真迹吗？哇！仿得还真像呢！可真有一套，根本分辨不出来嘛!”

看来众人对巨势博士的评价颇低。不过毕竟长得可爱，讨人喜欢，又彬彬有礼，完全没有架子，所以大受女士们欢迎。

“巨势先生，有没有要好的对象啊?”

“咦？有啊，不好意思。”

“可以带她一起来啊！发封电报叫她过来吧!”

“她很怕生，还是个十七岁少女。”

“哎哟！那还没接吻过喽!”

“只有一次而已，她脸都红了，但没生气就是了。”

“那就当作一趟蜜月旅行也不错啊！赶快叫她过来吧!”

“可是现在这里不太方便吧！况且从没用过刀叉的她也不懂什么西餐礼仪，正在偷偷练习中。”

因为南川巡警正在执勤，大家只好将目标转移到巨势博士身上，借以发泄不满的情绪。

两点半，初审审判员、检察官、警官等一行人坐着公务车抵达。经过一马游说，巨势博士被允许能随警官出入现场。

法医验尸完毕，从现场采集相当多枚指纹。搜查部长平野雄高是位十分敏锐的警官，不管再怎么狡猾的罪行，他都能嗅出端倪；而且一旦被他瞪个三四次，绝对会被识破。虽然他是个屈居穷乡僻壤，人称“猎犬”警官的办案高手，但在警界可是无人不知、无人不晓的一号人物。只见他斜睨现场三四眼，随即指挥展开搜查。

“没有明显出血，是否有什么特殊理由呢？是早就已经断气了，还是……”

“若不进行解剖，很难判断。凶手将凶器呈直角刺进心脏，所以只有一点内出血，这种方法俗称‘心脏止血栓’，不过未经解剖还是无法判定。”

尸体随即被抬上车，送往县立医院进行解剖。

“咦？这是什么东西啊？”有位刑警从床下拿起一个黄色小铃铛。他是荒广介部长，县内派来的警察，拥有不管犯人耍啥花招，他都能嗅出真凶的敏锐第六感，被同事们昵称为“狗鼻子”的他，一看就知道绝非等闲之辈。

“这是什么东西啊?”

“铃铛吧!”是那种系在猫脖子上，便宜的小铃铛。

“也许床下还有什么。喂!‘书呆子’，你个头最小，钻进去看看吧!”

“狗鼻子”一派老大哥模样命令属下。绰号“书呆子”的刑警，本名长畑千冬，脑子里塞满一堆有用的和没用的学问;不但能说德语，还通晓一点医学知识，但一遇上推理就不见得高明了。因为老是将单纯的犯罪想得过于复杂，反而陷入死胡同打转，所以才被取了个“书呆子”的戏谑绰号。因为这次的事件是由东京来的一群知识分子所引发的复杂案件，所以“猎犬”警官认为，也许很适合“书呆子”的胃口，因此特地带“狗鼻子”和他过来;虽然“狗鼻子”的敏锐度一流，但就是少了点耐性，要是一般乡下小犯罪靠直觉还行得通，但面对高级知识分子的智能型犯罪，恐怕能力稍嫌不足。

只见“书呆子”钻进床下，四肢趴地地说:“哎呀!真奇怪!床下居然有件上衣。”将上衣抽出来一看，上面有一块地方沾满灰尘，好像被当抹布擦过某物。

“奇怪，是擦哪里呢?是这张桌子，还是那张书桌呢?”

“想也知道，那些地方怎么可能沾满灰尘?当然就是发现上衣的地方啦!”“床下吗?”

“你趴下去看看。”

“嗯，这里果然有擦拭痕迹，可是为何要擦床底下呢？明明连一滴血水的痕迹也没有啊！”

经查证，上衣为死者所有。

直到傍晚才完成缜密的现场搜查。凶器上没有留下任何指纹，倒是从放在桌上的长颈玻璃瓶和马克杯上，采到珠绪小姐和秋子小姐的指纹。秋子小姐的指纹很清楚地显示，她握住长颈玻璃瓶往杯子里倒东西，瓶里还留有少量暗褐色液体。

“窗户一开始就是开着的吗？”

“床尾的窗子是开着的，可是凶手不可能从那里侵入吧？因为没有任何架梯或攀爬的痕迹。”南川刑警表示自己并非只会傻傻地看守，也是有一套办案本领的。

“这一带没蚊子吗？”

“才怪，蚊子可多着呢！那里不是放着装有熏蚊香用的濑户烧①吗？”

“这我当然知道，可是并没有留下什么蚊香灰啊！”

桌上放着约五十张写好的原稿，和五百张左右的空白稿纸，稍微整理一下，并没有发现任何擦拭痕迹，房间也没刻意

① 濑户烧，爱知县濑户市附近出产的陶瓷总称。

遭破坏的迹象。

等待解剖报告出炉的同时，进行了侦讯；只留下数名警察，撤回鉴识人员一行人。当他们走出去时，“猎犬”警官对其中一位警官悄声说：

“明天带‘鬼点子’过来，这里有好几位女强人，恐怕会有一场混战，这我搞不定，只能靠‘鬼点子’了。”

这话不小心传到我耳里，我有点惊讶地问：

“什么意思？‘鬼点子’是什么啊？”

“哈哈！被你听到啦？她可是本署出了名的女警官。因为乡下地方警力不足，特地挖角来的；她名叫饭冢文子，是个有点任性的性感美女。真是的，我怎么随便开人家玩笑？不过她可是有着男人远不及的胆识呢！就算是让本县前科累累的头号杀人犯闻之丧胆的‘狗鼻子’，都拿她没辙呢！她有个天才的脑袋，不管是看到的、听到的，随时都能让她突发奇想，就算安静地坐着也不例外；虽然十之八九都猜错，但有时也会中靶喽！她是那种不按常理出牌的人，鬼点子不断，她的脑袋瓜还真是忙碌啊！虽然我不清楚你的灵感是怎么激发出来的，不过我们的‘鬼点子’可是那种迅速突围型，很厉害呢！”

“猎犬”警官一行人也一起用晚餐。“狗鼻子”和“书呆子”喝了点酒，“猎犬”警官则是猛吃甜点。

“能够受到这样的款待，深感荣幸。人家老是对我们抱持偏见，怀有敌意，我们心里也不好受；况且警局又不是专门制造犯人的机关啊！真是的，居然在吃饭的时候说这么不知趣的话，不过与其刻意回避，倒不如坦率点，气氛也比较轻松，还请各位包涵。希望能在稍微轻松的气氛下进行侦讯，所以希望各位能放宽心配合。这栋在深山中略显突兀的洋式建筑是钢筋水泥建造的吗？”

“是的，属于莱特①式建筑，屋龄应该有十五年左右吧！主屋的话，约一百五十年。”

“每扇门的钥匙孔设计都很精巧呢！”

“其实这种深山人家没必要锁门，反正也不可能有小偷，不过晚上倒是有不识相的家伙，我是指私通一事。”

“警官先生，停止这种无意义的话题吧！凶手不可能是外来人士，我敢断言。你那种问话方式就好像在挑逗我们神经一样。”我愠怒道。

“想说什么就别客气。因为我们都是搞文学的，习惯直来直往，刻意拐弯抹角，反而让我们觉得别扭，不想配合。”

“别这么说，矢代先生，您比我们警方还清楚些，我们还

① 法兰克·洛伊·莱特（Frank Lloyd Wright），美国近代建筑家，1916年赴日担任帝国饭店设计者。

像一张白纸，得想办法搞清楚状况。您知道的事我们未必知道，所以才要请教各位啊！那么我想请教矢代先生，为何断言凶手绝非外来人士呢？”

“因为没有遭窃痕迹啊！而且谁会特地大老远地跑来杀那家伙呢？”

“意思是除了这里的人之外，没有人有杀望月先生的念头喽？”

“这种事，我怎么知道啊！不过住在这里的人多少都想杀了望月吧！况且并未发现任何外来者入侵的迹象。”

“了解。不过您说的这番话并不能确定凶手非外来犯，因为从走廊玄关登上楼梯，正面就是望月先生的房间，有可能凶手潜入时，死者惊醒而惨遭杀害。”

“凶器短刀是放在会客室架上的装饰品，凶手应该是熟悉内部之人，不是吗？可见一开始就有杀意，才会带着那东西吧！”

“原来如此，但也不能如此武断。命案发生的当天，那把短刀还是放在原处吗？”无人响应，一马说应该是放在原处。

“昨晚大家像这样围桌用餐，之后呢？”

“之后？平常用完餐后，大家就各做各的，不过昨晚为了欢迎矢代他们来，大伙在隔壁客厅喝酒聊天、跳舞，闹到很晚就是了。”

“哥，真是败给你了。警官先生想知道什么？就是想知道是谁、什么时候杀人啊！我来说明好了。王仁先生和我提早回他房间休息，记不得是几点了。我从王仁先生房间离开时，他已经睡了，那时桌上并没有打火机和沾着口红的烟头，因为我根本不抽烟。于是，我关上灯走出房间，接下来就轮到打火机的主人秋子小姐来说明了。宇津木小姐，请。”

秋子一副恍然大悟的样子。

“我是去过王仁先生的房间，大概一点左右。”秋子干脆地说。

“当时王仁先生已经睡了，还发出鼾声。因为怎么摇都叫不醒，我索性坐在椅子上，抽了根烟。”

“那时有喝玻璃瓶里的饮料吗？”

“有，喝了一点。不过本来就剩下不多。”

“那是什么饮料？”

“牛扁汁①。别看王仁先生好像很结实，其实胃不太好，所以每天习惯喝些牛扁汁代替茶。”

“冒昧请教，你只是去一下隔壁房间，也要带着打火

---

① 牛扁汁，一种药草的汁液，可治疗腹泻，有健胃等功效。

机吗?”

“并不是每次都这样，不过王仁先生不会请我抽烟。我昨晚原本没带打火机就过去，结果发现房门锁着，只好作罢，但想想又觉得有点不对劲，碰巧想起王仁先生的钥匙寄放在我这里。结果找一找，还真的找到了，于是我带着打火机和烟又过去一趟。”

“说谎！我离开时根本没锁门!”珠绪小姐大叫。

“可是房门真的上锁了啊!”

“哈！那就怪了。那钥匙呢?”

“我又带回去了。锁上房门，刻意留下打火机，是打算等王仁先生醒来后，晓得我来找过他，也替他锁上了门。可是除了我之外，还有人替他锁门，至于是谁，只有王仁先生清楚吧！我是为了表达不满才刻意留下了那个打火机。”

“胡说八道！我今天早上发现王仁先生尸体时，房门根本没上锁，不然我怎么能进他房间，发现他死了?”

“看样子，这起案子越来越复杂了！这屋子里的房间钥匙都一样吗?”

“不，每间都不一样，不过都有备用钥匙。”

“这么说，望月先生的钥匙在宇津木小姐那里喽！那么另一个可以上锁并打开房门的人是谁呢？是持有同一把钥匙的人吗？”

“是的，每只钥匙都有三把备用钥匙。一把由个人保管，一把放在隔壁客厅的桌子抽屉里，另外一把记得是放在保险箱里的。”

“那个抽屉……喂！‘狗鼻子’，你去确认一下。”

一马和“狗鼻子”前去确认，赫然发现放在抽屉里的一大串钥匙不见了。客厅的桌子抽屉里，放着印有歌川家名号的信笺、信封和稿纸等，方便客人取用。

“有哪位曾看见过抽屉里的钥匙？”

“我看见过。”驼子内海直爽地说。

“什么时候？”

“因为我没带稿纸来，想翻翻抽屉，看看还有没有稿纸，可是只发现信纸之类的，没有半张稿纸。记得是刚来这里不久的事，已经是一个月前的事吧？至于几月几日就不记得了。”

“望月先生的房间和隔壁房间有一扇门，那扇门的钥匙呢？”

“卧室与卧室之间的门是上锁的，钥匙也不会交给客人，就在被偷走的那串钥匙中。”

“谁住在王仁先生的隔壁？”“猎犬”警官摊开标有每个人房间的配置图。

“喔，是丹后弓彦先生，曾在杂志上拜读过您的大作呢！昨晚有没有听到隔壁房间发出什么奇怪的声响？”

“反正我每晚都听得到各种奇怪的声音，倒也不会特别注意。王仁死了，从今晚开始，应该比较容易入睡吧！有谁能说明爱欲声和杀人声之间的差别呢？”

晚餐后，大家纷纷走到隔壁客厅时，“狗鼻子”突然叫住彩华夫人。

“夫人，请问一下，这拖鞋是……”

“这个啊！这是室内便鞋。”

“室内便鞋……原来如此，不是拖鞋，而是鞋子啊！您都是穿着这双鞋吗？”

“不瞒您说，我常被大家取笑，说怎么会有如此奇怪的癖好，但我就是喜欢这种像玩具似的奢华感喽！我还有七双类似的室内便鞋呢！我会依照每天的心情交替着穿。”

“每双鞋上头都缀着铃铛吗？”

“只有这双有。”

“昨天也是穿这双吗？”

“昨天……是啊，昨天也是穿这双，但也有穿其他的，怎么了？”

“上头的铃铛掉了一个，记得是什么时候掉的吗？”

“对啊！只剩一个铃铛。今天早上突然发现的，因为我东跑西跑，还绊倒过。我特别喜欢这双呢！很可爱，对吧？”

“嗯……这个嘛，我倒是没在镇上看到过就是了。”

警官等人回去后，我们又开始小酌。平常不怎么喜欢喝酒的木兵卫居然沉默地喝起烈酒，还将宇津木秋子一口未沾的啤酒也喝个精光。

“虽然我们来这之前就已经不是夫妇了……”木兵卫低声说。

因为喝不惯烈酒，只见他面色惨白，眼神变得很诡异。不过他根本看都不看一脸沮丧的秋子小姐，视线投向别的地方。

“分明住在同一个屋檐下，还跑去勾搭其他男人，这种事可是关乎一个人的品性啊！都已经和歌川分手，选择和我在一起，还做出这种事！这和母狗有什么两样？不，连当条狗都不配。其实我一直不愿去想这件事，可是今天这样，真的让我很羞耻，当事人倒是不痛不痒，可笑吧？”

秋子小姐依旧沉默，只见光一开口：

“都什么时候了，可不可以停止你那自以为是的悲剧英雄抱怨啊？在这里相识，在这里分手，不觉得就是应了现世报，有始有终吗？这是件值得庆贺的事，不是吗？”

“你这个无赖给我闭嘴！你只配替你那帮狐群狗党说话！

这里没人跟你是同类的。”

“你骂谁无赖啊？平常以翩翩绅士自居，竟然骂旧爱是一只狗，才令人匪夷所思，反正我本来就很讨厌和男人打交道。不愧是宇津木小姐，被人家比喻成狗，还能像狮子般威严镇定，不过可没有哪个悲剧英雄会说女人是一只狗哟！没想到这种思想白痴也能介绍外国文学，看来日本永远都将是登不上台面的国家。宇津木小姐，我说的没错吧？不如咱们交个朋友吧！别跟这种不成材的家伙在一起了。不如将今天作为我们相识的纪念日，如何？”

“是你的第几个纪念日呢？”

“这个嘛，就要请你翻一下日历看看喽！恐怕没有一天不是纪念日吧。要是我们成为天主教徒，三百六十五天，天天可都是纪念日呢！”

光一毫不客气地起身抓住秋子小姐的手，秋子小姐往后退，喊着：“你也不是个好东西！居然拿杀人嫌疑犯穷开心。”

“哎哟！脑筋还真是死板啊！为了追悼王仁，再也没有比我们的吻更神圣、纯洁的事了。因果轮回乃是人生本义，从情人被杀那天便开始因果轮回，这是无法抹灭的事实。”

“我今天晚上头很痛。”秋子转身准备离去，光一企图追上时，几颗高尔夫球朝他飞去，一颗打中头，接着一颗打中肩膀。彩华夫人从方才就拿着高尔夫球当沙包把玩；光一一回头，彩华夫人装作什么都不知道，瘫靠在椅子上，视线投向别处。

“你这家伙!”光一朝彩华夫人扑去，勒住她的脖子，力道大到连椅子都倒了。我立刻起身，人见小六握着空啤酒瓶也站了起来。我扑向光一，人见小六也奋力上前阻止，传言他以前是个以打架出名的左派斗士，加上巨势博士也在场，让我更放心了。他从学生时代起，就是能和十几个流氓单打独斗的狠角色，虽然博士没理会我们的争执，依旧面带微笑地喝酒，不过一旦状况紧急，我想他还是会插手的，这下子我更是气势大增。

“哼！自以为是保护公主的骑士啊？有种就学西方人一对一单挑啊！少在那边自以为是了。一群笨蛋!”光一抓起桌上两瓶啤酒，打开瓶盖，一手一瓶，像吹喇叭似的牛饮着，走向庭院。

“看来得给那家伙一点颜色瞧瞧，大家合力痛殴他一顿，如何?”

神山东洋提议。他们夫妇几乎都在用人休息室那里聊天，不太和我们混在一起，就算和我们在一起，也甚少开口。

“你看起来很有腕力呢！混过帮派吗?”

驼背诗人心直口快地这样问道，不过因为他总是面带笑容，没什么恶意，所以不会惹恼别人。

“不敢当，居然被这么认为。其实我虚有其表，中看不中用啦！”

“若没有像我这种为保护女人而挥拳的实力，就没有谈恋爱的资格。看来为了顺应潮流，保护美女也得练点拳脚功夫才行。木兵卫，如何？法国不是也有所谓的驼子剑客吗？”

“内海先生还为我写了一本诗集呢！题目是《给患有心病的丑女》，有意思吧？他还拼命赞美我呢！哪需要什么拳头呀！你就别再挖苦他啦！对了，我也要献给爽朗的驼子先生赞美礼。”千草小姐说。

不知为何，我就是对这名丑女没什么好感，因为她内心极度扭曲，表面率直，其实最喜欢嘲讽别人；而且老是自比丑女，内心却骄傲自负；光是自比丑女这件事，就看得出她的心有多自卑、扭曲：“我可没说什么心病哦！纯粹只是歌咏丑女罢了。”

“哎哟！害羞喽？我们明明无话不谈啊！”

“丑女怎能追求丑男呢？丑女就该为了暗恋美男子，暗自伤神才是；丑男则是为了丑女苦闷而亡，才有价值啊！拿我相比，西哈诺[1]就不能称为丑男啦！至少他作诗比我巧妙，我可是一无是处的男人啊！”

内海抱着头，他的手指又细又长，指关节突出，遮住了大半个脸，几乎看不见表情，只见他倏地起身。

“我先回房了。为了丑女，今晚就作一首诗吧！”

“等等，要不要去散散步？应该不讨厌吧？”

“至少不是很想。”

“这里的庭院不行，因为不晓得光一先生窝在哪里猛灌酒，不如往山毛榉林那边走吧！”千草小姐从架上抽屉里拿出手电筒，兴高采烈地边催促诗人，边走向饭厅门口。

“真是恶心！”珠绪小姐喃喃自语。

“不觉得很可怜吗？”

说话的人是神山东洋。除了他，没有人会在目睹这幕无趣情景时，冒出这么一句话。

“可怜？什么叫可怜啊？千草小姐就像个喜欢操控男人的美女呢！驼子诗人也甘愿被她操控自以为是女王，还真不知羞耻，分明就是披着孔雀羽毛的乌鸦，还是省省吧！”

女人还真是洞察坏心眼的天才。比起美好事物，似乎更能

---

① 西哈诺，歌剧《大鼻子情圣》中的主角，一个拥有大鼻子的丑剑客。

清楚地嗅到丑事的气味。珠绪小姐方才就一直猛喝酒，可能是因为今天心情不好，只好一个劲儿地灌醉自己，喝到眼神都迷蒙了。

“今天就喝个够吧!”

“别再喝了，珠绪小姐。不然等会儿吐个不停，会很难过哟!”

彩华夫人说。胡蝶小姐也相劝道：

“就是呀！珠绪小姐。你这么猛喝对身体不好，别喝啦!”

“我知道，可是再让我喝一点吧！这样一直喝似乎就能看到幻影，王仁先生被杀的幻影！而且很清楚哟！甚至连一个女人拿着匕首往下刺的表情都瞧得一清二楚呢！真是一张恐怖的鬼脸，充满妒意的脸。”

“别再说了！今天大家就早点休息吧!”

“好啦！对不起。”

珠绪小姐抓着彩华夫人的手，不一会儿便啜泣起来。姑嫂感情似乎颇为融洽的样子。其实，在当时秋子小姐还是大嫂时，常与珠绪发生冲突，从那时两人便水火不容。

彩华夫人搂着哭泣的珠绪小姐离去。过了十分钟后，有个女佣慌忙追过来说：“太太，小姐一直吐，好像很难过的样子，快请海老冢医生……”

海老冢闻言，猛然抬头说："真是的！居然要医生照顾醉酒的女人，就算是女王我也不屑！"一副火冒三丈的样子。

"去拜托琴路小姐吧！"

"是。"

琴路就是诸井护士。约莫三十分钟后，女佣再度回报珠绪小姐已沉沉睡去，那时是十点零五分，因为光一回来了，所以大家纷纷起身准备回房睡觉。

"干吗？我回来大家都跑光啦！好啊！走啊！反正我一个人也落得清净。"

大家一听到他这么说，纷纷回房间去了。不久后，传来不知是酒杯还是酒瓶破裂的声音；我打开门瞧瞧楼下发生了什么事，只见彩华夫人脸色大变地跑来。

"发生什么事了？"

"那家伙趁我收拾东西时，突然……"

只见她浑身颤抖，整理了一下情绪，才走向自己的房间，还响起室内便鞋的叮当声。我想起"狗鼻子"刑警的话，有一股莫名的不安，遂敲了敲巨势博士的房门。

"如何？找到什么线索了吗？"

"哪有那么快啊！我又不是福尔摩斯，还一头雾水呢！我想这段时间，比起犯罪事件，情欲的杀伤力可能更强烈吧。这里的明争暗斗可真令人叹为观止，害我还得拼命克制思念远在东京的爱人，免得昏倒呢！”

“对了，莫非王仁被杀的命案现场，留有彩华夫人便鞋上的铃铛？”

“如您所察，就在床下。”

“不会吧？这是怎么回事？难不成彩华夫人是头号嫌疑犯？”

“不会吧！就算是猫，也不会带着铃铛去捕鼠啊！这张图是大家的房间配置图，是谁决定的呢？只有内海先生一个人住楼下吗？”

“这个嘛，我也不太清楚，要不要去问问一马？”

我们前往一马的房间。因为彩华夫人正在更衣，所以我们在门外等了一会儿。

“请进。彩华从昨晚就来我房间睡，她怕土居光一对她乱来。”

“毕竟事情不太寻常啊！不知是谁有什么企图，若今天的事件也是诡计的一环，那母亲大人生日那天，不晓得会发生什么事。到底是谁拿走了钥匙呢？老公，用绳子拴一下门吧！不，还是用铁丝比较牢靠。”

“没必要这么神经质吧！巨势来了，凶手肯定无所遁形。”

“巨势博士想知道客人房间是谁安排的，为何只有内海住楼下？”

“是内海自己要求住楼下，说什么懒得上下楼，而且离洗手间又近。至于其他人倒没有特别要求，只有土居光一是我坚持分配的，因为彩华不愿意和他同住二楼，所以二楼虽还有空房，还是请他睡在楼下和室。”

“要是没有客人来，通常不会使用这栋房子，都是住在主屋那边，珠绪房间所在的二楼那三间就是我们的房间。”

“神山东洋和府上有什么利害关系吗？”

一马犹豫了一下才说：“神山以前是家父的秘书，后来离职了。不过他似乎握有家父的把柄，也经常出入这里，大概他们之间有什么不可告人的秘密吧。就算问父亲，他也不愿意说，所以根本无从得知。去年辞世的家母十分厌恶神山，极度讨厌他，也许她知道什么秘密也说不定，不过这全都是我的想象。总之，家父从政过，遭人勒索也是顺理成章的吧。为人子女的我不方便过问就是了。”

“他常常来吗？”

“一年大概来个四五次吧。他的现任妻子曾是家父的爱妾，从前是新桥一带的艺伎。他常大方地带她回来，在我家住个几天才走。对了，去年家母过世前两三天，他们也来过，碰巧遇到家母病危，听说她老人家过世的前一天，还将用人支开，不晓得和谁争吵，所以我怀疑遭勒索的人不只家父，家母也是，不过这只是我的猜想而已。”

彩华夫人的华丽睡衣令人瞠目结舌，这是其中最华丽的一件，中国风设计带点西洋点缀，配色也很巧妙。

“夫人不觉得太华丽了吗？”

听到我如此奚落，一马苦笑地说：

“像这么华丽的睡衣起码有十四五件吧。明年这时恐怕会增至几十件喽！她抱怨一件睡衣只能连续穿两晚实在可惜，方才还一边咒骂土居光一，一边换呢！这房间没放她的和服，她习惯早中晚各换一套和服，然后换个发型，再换个首饰，如此费心装扮，还真令人称奇。”

一旁的彩华夫人只是微笑，没多说什么。一举一动都能成为话题的她的确为一马所深爱着。多么惹人怜爱的女人啊！根本就是为了夜晚而生的女人。虽然彩华夫人有可能是凶手，但怎么看，她都是个可爱、美丽、拥有天生迷人风采的女人，怎么可能是杀人犯呢？

回到房间后，京子不是很愉快地对我说：

“方才老爷差用人过来，要我们明天用完早膳后去找他，他说本来想过来跟我们打声招呼，可是身体微恙，不太方便。”

果然不是什么好消息。歌川多门因为感冒，加上酗酒，所以肚子不适。我们来的那天，他从早上开始就一直昏睡。已从政界引退的他，每天就是到村子里找人下棋，因为日子实在无聊，有时会在晚餐时间到别墅用餐，不过还没和他打过照面就是了。其实我们在心里偷偷祈愿，希望至少在我们住的这段时间，他的病都不会好。

"那个叫下枝的女佣是个很可爱的女孩哟！今年才十八岁，不晓得和琴路小姐处得如何?"

"别说了！我今天已经听了够多的狗屁倒灶的事了。"

我因为多喝了点酒，觉得有些累，一躺平便马上沉睡过去了。

六、第二桩命案

翌晨，警方一行人于六点前抵达，似乎已经掌握线索。

从昨晚进行至深夜的解剖工作，发现了新线索，鉴识人员们天未明便驱车赶至。

由王仁的徒弟，以及有往来关系的出版社老板、员工等，负责处理王仁的后事，他们预定搭夜车于中午抵达。解剖后的王仁尸体也会在中午时分运至，随即火葬，今晚应该会彻夜守灵。

警方待我们用完早餐，来到饭厅。“猎犬”警官先礼貌地鞠了个躬，说：“一大早就让你们耳根不清净，真是不好意思。因为解剖后发现惊人的事实，恕我迫不及待地向各位报告，也希望听听各位的意见。望月先生被刺杀前，曾服用大量安眠药，可是就我们的调查，望月先生并没有带安眠药，而且调查结果也显示，也许是别人让他事先喝下的。”

“啊！”秋子小姐轻声惊呼，“那瓶牛扁汁莫非掺有安眠药？”

“是的，您有想到什么吗？”

“我昨天晚上莫名其妙地想睡、头昏，正觉得奇怪，而且……”

“而且什么？”

秋子小姐环视在场众人，说：“珠绪小姐不是说她也想睡，头有点昏吗？她八成也喝了吧。方才我的脑中突然闪过这件事。”

只有珠绪小姐还没现身。肯定是因为宿醉厉害，早上也没什么胃口。

“平常都是由谁煎煮牛扁汁？”

“因为王仁先生是珠绪小姐邀请的客人，可能是珠绪小姐自己煎煮，或是差使女佣煮的吧。不过上个月开始，请来坪田先生专门料理三餐，所以有时坪田太太也会煎煮，早晚各弄一次。因为王仁先生不喝茶水，除了酒以外，只喝牛扁汁。”

彩华夫人说明完后，千草小姐接着说：

“我记得不是昨晚，应该是前天吧。牛扁汁是由珠绪小姐亲自煎煮的，因为我也在一旁帮忙。后来因为小炉子不够，坪田太太还问珠绪小姐要不要交给她来弄，可是她的个性就是讨厌别人插手，但断然拒绝别人又不太好意思，于是珠绪小姐便和坪田太太一起煮好牛扁汁，冷却后倒进玻璃瓶，那时彩华夫人不是也在场吗？”

“是啊！我正在做肉饼，那是我唯一的拿手菜。”

“后来还烤了鳗鱼呢！”

“感谢两位的详细说明，真叫我们这些平民百姓边听边流口水。”

“猎犬”警官故意露出揶揄的笑容：“两位小姐、夫人、坪田夫妇五个人在煎药时，还有其他人进出厨房吗？”

“记不太清楚了耶！因为那些男士们也常常进出厨房啊！内海先生每天都嚷着怎么没下雪呢，他说他想用雪冰敷一下双脚，真是个怪人啊！丹后先生则是来倒冰水喝，因为厨房里才有冰水；人见先生和王仁先生也会过来拿啤酒，一马兄有时也会来拿点东西。对了，那天宇津木小姐也在啊！”

“是啊！一直都在呢！那天不是在做荞麦面吗？我去见习，

顺便帮帮忙。珠绪小姐将牛扁汁倒进玻璃瓶时，我也在场。”

“这么说，牛扁汁一直都在厨房喽？”

“珠绪小姐拿起锅子靠近水龙头，用水冷却后，再倒进玻璃瓶，送到王仁先生的房间。除了她以外，应该没有人有机会碰牛扁汁吧。”

千草如此断言，环视众人寻求附和。

“也就是说，将牛扁从袋子取出，放进锅中，打开炉火煎煮，煎完后再倒进玻璃瓶拿给望月先生，全程都是由珠绪小姐一手包办的喽？”

“是的，没错。”千草一脸认真地回答。

“王仁是因为服用过量安眠药致死的吗？”

“不是，是昏睡后惨遭刺死的。虽然望月先生一口气喝完掺入安眠药的牛扁汁可能会致死，但因为宇津木小姐有喝，珠绪小姐也有喝的样子；况且望月先生只喝了三分之二，应该不到致死的量。”

“用安眠药杀人不就得了吗？为何还要费两次工夫呢？这是不是在暗示什么？虽然警官先生说是昏睡后惨遭杀害的，但也不能排除下药与刺杀是不同人干的可能性吧？还是有什么可以证明是同一人所为的证据呢？”

“这的确是一大疑点，是否为同一人所为，为何不用安眠药杀害，这些问题都有待厘清。不过能确定的是，望月先生喝下有安眠药的牛扁汁，并在昏睡中遭人刺杀，这两件事是事实。如果这两件事是同一人所为，凶手若不是不知道安眠药有致死的量，就是使用安眠药的目的只是为了让被害人昏睡而已，因为要想杀人，不可能用这么少的剂量。”

“不觉得像是恶作剧吗？要是珠绪的话，挺有可能这么做呢！因为怕他偷吃，干脆让他昏睡，所以倒了点安眠药在瓶子里，可能抱着好玩的心态吧！”驼子诗人讪笑地说。

警官想了一下，说：

“也有可能只是想恶作剧，可是今早鉴识煮过的药草，发现安眠药不是直接掺入玻璃瓶，而是边煮边加入的。”

“那天在厨房做荞麦面时，气氛很热闹。”

一听秋子这么说，千草小姐立即接着说：

“是啊，还真热闹呢！不过煎煮牛扁汁的炉子靠近门边角落，我们是站在距离有点远的窗户那头，若没什么要帮忙，是不会有人走过去的。那边只有彩华夫人在做肉饼，还一直抱怨牛扁汁的味道很难闻呢！”

“是啊，我最讨厌那种煎草药的味道了。讨厌死了。好臭！”

“那天光一先生不是还抓了一条大蛇吗？”

“大蛇？”

“约一尺长的青蛇呢！躲藏在庭院里，说什么要帮晚餐加菜，叫人拿菜刀过去给他，没想到宇津木小姐还兴奋地跑去看。我最讨厌蛇了，根本连看都不想看。”

“我也很怕蛇啊！可是又克制不了好奇心。”

“坪田先生他们也吓得跑走呢！居然还吓得从窗户跳下去。”

“珠绪小姐倒是不怕蛇，还用手抓呢！”

一听驼子诗人这么说，千草小姐一脸不以为然地说：

“是哟！她喜欢那种东西啊！明明是个连皮箱都提不动的千金小姐。我们根本连看都不想看，你说对不对，彩华夫人？我们根本就不想理睬土居光一那种活像素盏鸣尊①的家伙，怪里怪气的。”

“素盏鸣尊？原来如此。如果夫人好比天照大神②，那么千草小姐呢？”

“丑女面具吧！”这下子可真的触怒了千草小姐，西哈诺二世不得不收敛点。

---

① 素盏鸣尊，日本神话中，天照大神的弟弟，个性非常凶暴，拿着天丛云剑斩杀八岐大蛇。

② 天照大神，日本皇室的祖神。

“光一先生，平常你不是老爱胡扯吗？怎么这时候这么安静啊？是不是素盏鸣尊不屑理会凡夫俗子？”

“因为我是一个只和美女说话的绅士。”

这时不晓得是谁在开门。

门一开，只见有个年轻女子摇摇晃晃，原来是叫作八重的女佣，只见她扶着门，看了大家一眼后，整个人瘫软地跌坐在地上。众人心想发生什么事了，后来才晓得，竟然又发生了令人无法置信的事。

“小姐她……”女佣几乎发不出声音来。

“咦？什么？”

“被杀了……”

“猎犬”警官对我们说：“各位暂时待在这里，不要随意走动。”

随即与南川巡警赶往现场，只有巨势博士和一马获准同行。约莫过了四十五分钟后，巨势博士独自先回来。

“珠绪小姐死了吗？”

“嗯，是他杀。”

“是被毒杀的吗？”

“不知是否又被灌了安眠药，不过她是被人用电线勒死的。”

“啊!”在场的两三位女士同时发出惊呼，出声的大概是胡蝶小姐、彩华夫人和秋子小姐。

“也许是自杀啊！畏罪自杀。”千草小姐说。

“或许吧。的确有那种看起来像是被勒死的自杀事件，可是珠绪小姐怎么想都是死于非命，因为凶手似乎是趁她喝醉熟睡时，下手杀害的。”

“有什么关于凶手的线索吗?”我迫不及待地问。

“没有任何线索，也没有遭窃迹象。”

在座的众人顿时陷入一片沉默。

“真是奇怪啊！究竟是怎么回事?”

千草一脸讶异，陷入沉思。

【附记】

现在要找出真凶还太早哟！因为未来会陆续发生杀人事件。我敢断言，就算读者全部看完，也只能从读到的事实中，找到模棱两可的证据来推论凶手是谁。当然，我不会特别优厚巨势博士，让他握有独家线索，追查到真凶。

为了因应此次的悬赏活动，“狗鼻子”和“猎犬”警官这两个角色得塑造得稍微市侩些、喜欢胡乱猜测的形象，或许会让您重新锁定凶手也说不定，在此先致上十二万分的歉意。谁叫他们老是胡乱猜测，所以才没法逮到凶手。不过，我为人还算坦荡、公平就是了。

关于法医学方面的知识，幸亏有好友长畑一正先生帮忙；身为推理迷的他在推测凶手这方面，可是我多年来最强劲的对手之一，所以我们之间积怨甚深。他总能准确地抓住问题关键，识破谜团，真是令人倍感棘手。

还要感谢郡山千冬、东京医大的浅田一博士，总是不厌其烦地给予许多意见，在此致上十二万分的谢意。拥有法医学权威头衔的他们，后来也被连哄带骗地成了读者。基本上，推理小说就是要施展各种诡计，当然对读者没此必要喽！

最后递上战帖给挑战解答篇的各位，以及江户川乱步先生、木高太郎先生、“猎犬”警官、“狗鼻子”先生、“书呆子”先生与“鬼点子”小姐。

坂口安吾

七、身为侦探小说迷的老政客

珠绪是被熨斗电线绕颈两圈勒毙的，这个熨斗原本放在房间的架子上，行凶时间约为十二点到凌晨两点之间；因为她喝得烂醉后熟睡，所以没有任何抵抗与施暴的痕迹，盖在胸部以下的棉被也整整齐齐，蚊帐还挂着；只是根据女佣所言，本来她习惯开着枕边红色纸灯笼睡觉，但灯是关上的。此外，房间内部也没有翻找过的凌乱景象，只有一件事很奇怪。

珠绪小姐因为喝醉，吐得乱七八糟，枕边报纸上放着脸盆、茶壶和杯子；在茶壶和杯子里发现些许吗啡粉末，脸盆周遭也有少许溢出的白色粉末。举起杯子一看，杯底有些许白色沉淀物；发现这一切的是“狗鼻子”，他询问了昨晚负责照顾珠绪的女佣富冈八重，她是个年约二十六岁，有一张圆脸的可爱乡下女孩。

“这杯子里是盐水吧？”

“不，是纯水。”

根据女佣所言，珠绪小姐想吐，所以她赶紧拿脸盆过去，然后调了些盐水倒进水壶给她漱了一次口，可是她说不喜欢盐水，要换成纯水。于是，富冈到厨房倒了些纯水注入水壶和水杯里，还顺便拿了水桶和抹布，擦净弄脏的地方。

女佣回到客厅请海老家医生前去看看，却遭到怒斥，命其退下；只好请诸井护士过去看一下，那时珠绪小姐的呕吐状况已经改善许多。

“脸盆里都是秽物，拿去换一个。”

因为诸井护士这么说，女佣便用报纸垫着，拿了个新脸盆过来，然后将满是秽物的脸盆拿去清洗。因为珠绪后来没再吐了，所以脸盆里只留有少量胃液。

“小姐是用纯水漱口，是吧？”

“这个嘛……”

只见女佣一脸茫然，仓皇失措，一副泫然欲泣的样子。

“这个白色粉末是你拿脸盆过来时就有的吗？”

女佣简直快哭出来了。她大概是那种看到血液就会昏倒的女孩吧。不知所措的她涨红着脸，一直说自己不知道到底有没有，一看就知道是那种脑袋不太灵光，有点笨拙的女孩。但她却突然抬起脸，说：

“我离去时，杯子里的水还有八分满。”

事实上，水杯里的水的确是八分满。连同水杯的水与水壶一起送回本部化验后，隔天报告出来，里头确实掺有吗啡。

依诸井护士所言，她只是帮忙按摩背部，舒缓呕吐情形，并未给予任何药物，也没有施予特别治疗；所以解剖结果显示胃中没有吗啡，呕吐物也没有吗啡成分。

王仁惨遭杀害时，我望着尸体，心里竟然有一种爽快感。这家伙真的死了吗？应该不是糊弄大家吧？甚至还如此担心。现在不是谈论我心情的时候，总之，我大概很希望王仁就此消失吧。

因为我和王仁的作风截然不同，贬抑我的人都会称赞王仁，对王仁评价很低的评论家，则会给我很高的分数；由此可见，立场不同的作家就算彼此对立，也不能算是真正妒忌，只是因为作风大相径庭，所以也没有胜负之分。

因为丹后弓彦与王仁都是属于才华横溢之人，洞察人心的观点与思考角度也相似，才会有两虎相争的敌对感。被王仁那野性奔放文采所折服的丹后，肯定怀有强烈的嫉妒心；其实作家对于流言蜚语一向处之泰然，但每个人的个性不同，反应也不太一样。

珠绪十分了解这情形，虽然丹后和王仁都对珠绪有好感，不过珠绪很恶毒，将才能不如人的丹后玩弄于股掌之间，实在很过分。丹后表面是个冷静、高傲，又爱装模作样的人，内心却充满针扎般的创伤，恰巧珠绪最喜欢捉弄这种人。

虽然我对于王仁遇害一事，很想举杯庆贺，根本懒得思考凶手到底是谁、犯罪手法为何；但看到珠绪被杀，我开始深思许多问题，譬如一马的信、受邀而来的客人们等。

因为山中夜晚特别寒冷，就算盛夏时节也得关上防雨板，珠绪小姐房间走廊的防雨板当然也紧闭着，还上了门闩，不过乡下地方通常没有关房门的习惯。

无论是从我们住的别墅，还是从主屋那里看来，珠绪小姐的房间位置都十分隐蔽，位于容易藏匿的死角；加上这座庭院有两座瀑布，一座只有一丈深，另一座则高约六十英尺，是三层合流的飞瀑，所以一到深夜，根本搞不清楚传来的是瀑布声还是枪声。此外，因为主屋位于瀑布下方，声音更是嘈杂。我们住的别墅南面还好，房间位于北面的我和其他人可就为此声音所苦。

我们文人属于精神分析派，因为一旦钻牛角尖，很容易将每个人都一视同仁地视为犯人；无奈我苦思各种犯罪手法，却无法理出个头绪。

歌川多门老爷请我们用完早膳后，去他那里一趟。本来想借这番骚动，找个理由推托，但他派了下枝小姐过来请我们过去。

“没想到会发生这种事。”

“就是呀!”

下枝小姐抬起她那天真烂漫的美丽脸庞凝视着我，那眼神十分灵巧、清澈而平静，是那种永远只想着美好事物的眼神。

这个天真可爱的女孩，真的是多门老爷的爱妾吗？我实在不敢相信。这身体还是未成熟女孩的身体啊!

“歌川先生心情不会很慌乱吗?”

“不会，他已经冷静下来，像平常一样。”

我们过去时，他果然还是老样子。

已经完全感受不到他对我们的愤怒。想想我还真是杞人忧天，这个人算是英雄豪杰型的大人物吧。许久未见，他丝毫不显憔悴，反而更加生龙活虎。

“哎呀！你们来得正好。本来想过去找你们，可是我这阵子感冒，胃又不舒服，实在不方便。人只要一闲下来就容易病痛，不活动身体就变得脆弱；虽然曾经怨恨你们，不过事情都过去了，反而有一种怀念，也许是我太任性吧！”

多门老爷似乎心情不错，像慈父般温柔；明明宝贝女儿惨遭杀害，这位长者还能平静面对，像是什么都没发生似的；他不刻意装腔作势的这番态度，竟让我心生一丝感动。虽然知道这位长者平素根本不管家中大小事，其实这样的人才会对于事情的反应特别激动，当初对我和京子的事，听说他发了好大的脾气。或许生气和悲伤这两种情感不能等同视之，但面对这样的他，我不由自主地想逗弄一番。我说：

“今天的事真是令人遗憾，您心里一定很不好受。”

“没这回事。”老人试图掩饰。除了刻意掩饰之外，嗅不出其他情感，只感受到他那别扭的脾气。

“也许这一切都是我的错，就是有我这样的父亲，才会生出那两个怪胎孩子，肯定是这样吧！不过有件事让我很纳闷。”

多门老爷沉默片刻，又恢复开朗的神情。

“也许是我自寻烦恼，因为身体已经麻痹，才会总是想些无聊的事吧！”

“不晓得这么说会不会很失礼，其实抱持漠然态度的人往往伤得最深。”

“好了，别再说这件事了。特地请你们过来却来不及准备什么，还请收下这个纪念品吧。这是我去北京旅行时买回来的八大山人的画作，缥缈静寂，足以抚慰人心，这就是所谓的孤独吧。还有，这是送给京子的，是我去巴黎乡间旅游时，意外发现的领带夹。我独自在乡间闲逛时，发现有个人竟将这东西别在奇怪的地方，这可是钻石，足足有十八克拉；就算戴着这东西在路上走，也没人会察觉是钻石，心想只是普通的玻璃珠吧。不过想想这样也好，才能平安无事地一路戴着回日本。连我死去的妻子也觉得我在开玩笑，后来随手一扔不晓得丢到哪儿，最近才找到。”

多门老爷出手大方，毕竟是十八克拉的钻石，肯定价格不菲；虽然事情经过有些诡异，不过那幅八大山人的画作，肯定是件稀世珍品。多门老爷将旧爱当成女儿般疼爱，对我们自然表露温情。

这时我突然注意到，这房间的书架上摆放各类书籍，虽然主要是历史类，但也有小说，大半是翻译推理小说，有范达因①、泪香②；名著方面则有《基督山伯爵》《悲惨世界》《飘》等翻译小说。

---

① 范达因，美国推理小说家、艺术评论家。
② 指黑岩泪香，日本早期推理小说家。

“您喜欢看推理小说?”听我这么一问，只见多门点点头，说:

“年轻时喜欢读泪香等人的小说，出外漂泊时，为了打发时间而喜欢上推理小说。我朋友冈苍天心①是个推理小说迷，家人担心他喝酒伤身，所以晚上不能在家里痛快地喝，只好每晚都来找我说说柯南·道尔等人的推理小说给我听。每次情节一进入高潮，他就故意闭口，催他快点说下去，他就推拖着:‘今天就讲到这里，少安毋躁，想继续听下去的话，就再拿瓶酒来!’以此为诱饵，刚好每次都讲完一篇故事呢!最近的推理小说挺有特色的，微妙又错综复杂，阅读起来确实很有趣，不过不太适合作为小酌一番的诱饵就是了。”

“我也是个推理小说迷，您比较喜欢谁的作品?”

“我很喜欢英国女作家阿加莎·克里斯蒂②，范达因和昆因③的风格较为做作，读起来不是很愉快。我每次去丸善书店，几乎都是买推理小说。”

老人从书架一隅拿出一叠厚厚的外文书给我看，果然全是推理小说，不但有克劳夫兹④，还有《红发男》《席哥玛》和

① 冈苍天心，日本艺术评论家、学者。
② 阿加莎·克里斯蒂，英国推理小说家。
③ 艾勒里·昆因，美国推理小说家。
④ 克劳夫兹，爱尔兰推理小说家。

《千面人》等。

“那么关于这次的事件，您有何看法?”老人又沉默半晌。

“杀死望月先生和珠绪的凶手应该是同一人吧？如果是的话……”老人又噤声片刻，“可是怎么说呢？矢代先生，你的看法呢？任何人都有可能杀人，谁都有可能犯罪，没有人能例外。”

多门的双眼突然熠熠生辉，他非但没有刻意回避眼神，还直盯着我们，似乎想说些什么，嘴巴微微动着，但话到嘴边又吞了回去。

八、唯一的不在场证明

我们离开多门那里，准备回别墅，途中经过珠绪陈尸的房外走廊时，碰巧从房间里走出一位身穿连身洋装，约莫三十出头的女人，她出声叫住我们："不好意思，还请留步。请问尊姓大名?"

"你是……"

"我是警察，为了记住大家，所以想问一下名字。"

"哦哦，原来如此……莫非你就是'鬼点子'?"

"嗯。真失礼啊!""鬼点子"小姐扬起两道柳眉，说，

“那你又是谁呢？哦哦，我知道了。来这里的男男女女都不是泛泛之辈，不是作家就是女明星，都是些令人讨厌的情痴，总是给自己最亲密的人添麻烦，结果落得这般下场。”

“哎呀！您说的是。对了，侦办得如何了？是不是掌握到什么线索了？凶手是哪个家伙啊？”

“你问得太多了。”

“不好意思，失言了。”正要离去时，突然被她抓住手腕，拉到一旁，“你还没告诉我名字啊！”“这个嘛，用你那聪明的头脑猜猜看啊！威胁别人报出姓名可是侵犯人身权利哟！哈哈哈！”惹恼“鬼点子”的我说完后迅速逃离。

午后三点，我和巨势博士、一马夫妇等，聚在一马的房间里聊天。为了迎回王仁的遗骨，帮他出版全集的出版社老板、总经理、年轻职员以及王仁的一名弟子于上午抵达歌川家，但解剖后的王仁遗体尚未从本部运回来。运回来后将立即火化，这村子虽有焚尸工，却没有像样的火葬场，都是露天堆起柴薪，花了一整晚处理。

由我们这群对丧礼程序一知半解的人，组成治丧委员会，筹划相关事宜。像是准备一间空房迎回王仁的遗骨、雇请和尚诵经、与火葬场方面联络等事宜，还有准备布置灵堂用的黑布幕等，不消一会儿工夫，大厅就已布置成一座灵堂。

找一直有个秘密想对巨势博士说，总算逮到了机会。

“有件事只想对你们两个说，昨晚我回房后，因为睡不着，所以出去散步。虽然记不太清楚时间，大概十一点左右吧。那时京子已经睡了，我想她应该不晓得。”

“嗯，不过迷迷糊糊中记得你回来过。”京子说。

“我走出饭厅后，打算往山毛榉林那边走，可是走到内院的木门那边，突然改变心意折返庭院，沿着水池走向中央的梦殿，想从那里绕到凉亭。当我登上瀑布潭顶端时，看到下方钓殿流泻出灯光，瞥见有个女人的身影消失在黑暗中。虽然我没有追上去瞧个清楚，但她确实是从钓殿出来，可能正绕过多门老爷的房门外，准备往厨房后门去吧！虽然确定是个女的，可是完全看不清楚是谁。过了一会儿，有个男的从钓殿出来，蹲在水池边洗手，原来是海老冢医生，穿着短袖衬衫和裤子。我用手帕擦擦手，往庭院假山那边走，一回头发现那女的不见了。这是我看到的情形，后来觉得在外面待得太久，便回房去了。”

那座梦殿是多门老爷以圣德太子的梦殿为范本，缩小比例建造而成的。钓殿则是以典型的和风殿堂为蓝本所打造的茶室，里面有铺着榻榻米的和室，以及摆置中国风桌椅的房间。

“这样啊！所以海老冢医生昨天也是在钓殿过夜的喽？最

近他几乎每晚都在那里睡觉呢！我平常不太注意这种事，所以就算村里的人来我家住，也不见得知道，反正我们家也没有一定要主人许可，才能留宿的死板规定，所以主人和用人是分开生活的。海老冢医生算是家中成员之一，晚上过来时大多会留宿一晚，毕竟到医院得走上一里山路。不过海老冢医生也是个怪人，从来不住主屋，不知从何时起便都是在钓殿过夜。如果有急诊病患就会被叫回医院，昨晚也是，不晓得发生什么事了。”

“那去问问八重好了。”彩华夫人拿起电话，打给女佣八重，碰巧她有事去村子，过来的是诸井护士。

“诸井小姐今天没去医院吗？”

“嗯，今天警方找我问话，一直耗到快中午，加上南云老人家从早上就闹肚子疼，得帮他打针。”

“是由良婆婆吗？”

“不，是南云老先生。”

“昨晚医院有急诊病患吗？”

“没有。”诸井护士冷冷地瞅了一马一眼，这么回道。

“所以你昨晚没有碰见海老冢医生喽！”

“我想应该没有。”

“海老冢医生昨晚也是在钓殿过夜吗？”

“今天早上还在，至于他昨晚在哪儿，我就不知道了。”

诸井护士冷冷地别过头，一副我什么都不知道且别问我的样子。

“已经没什么要问的了吧？”

“嗯，辛苦你了。希望别因为问些奇怪的问题而坏了你的心情。”

“如果想知道海老冢医生和女人们之间的事，我想千草小姐应该比较清楚。医生每次留在钓殿过夜，千草小姐半夜大概都会去一次。各位也许不知情，不过底下的人可都清清楚楚。千草小姐如果要去会情郎，绝不可能偷偷摸摸，反而一副很得意的样子呢！”

她直盯着我们，毕恭毕敬行了个礼后，便转身离去。

“这女的还真是做作别扭，该不会连体温都是冷的吧？”

“这可不一定，搞不好有着光滑细致又丰满的好身材呢！”

巨势博士竟脱口而出如此轻佻的话语，让在场女士为之一惊。

“如何？博士，有没有比较可疑的人选呢？”

“还没摸着什么头绪。”

“难道警方还没掌握到什么证据吗？”一马这么问，只见博士双手背在后脑勺，边搔头边露出有点邪气的笑容。

“完全没有。不过警方很认真地进行搜查，应该会渐入佳境。首先，到底是仇杀、情杀，动机尚未厘清。”

“这和流浪汉行窃过失杀人的例子可不同，应该是一桩谋杀案，况且你也嗅出和事实有所出入的地方了，不是吗?”

“啊？什么意思?”

“大博士还故意装傻，真过分。反正听听就算了，这只是门外汉的意见。珠绪小姐离开王仁的寝室时是十一点十五分，那时我还醒着，听到珠绪小姐边哼着歌边快速下楼，那时我又下意识地瞄了一眼时钟，然后关灯就寝。珠绪小姐并没有将王仁的房门上锁便离去了；两小时后，宇津木秋子小姐前往王仁的房间时，却发现房门上锁了。她回房拿钥匙再回去时，王仁还鼾声大作地熟睡着，怎么摇也摇不醒，于是秋子小姐故意留下打火机，锁上门后离去。隔天早上，珠绪小姐发现王仁的尸体时，房门却没上锁，这到底意味着什么呢？博士。”

“嗯，我也听到珠绪小姐边哼着歌，边离去的声音。矢代大师觉得这隐含着什么意思呢?”

“我怎么会知道，我只知道凶手一定有王仁房间的钥匙，王仁还活着时锁过一次门，杀害他后，没锁门就离开了。搞不好宇津木小姐开门进去时，凶手就躲在房间里吧。”

“嗯，不无可能。”博士干脆回道。一马、彩华夫人、京子顿时脸色骤变，我也莫名其妙地紧张起来。

“咦？真的吗？我只是随口说说，毫无根据啊！凶手会躲在哪?”

“这个嘛，如果宇津木小姐没说谎的话，凶手大概也只能暂时躲在命案现场，也就是王仁床下，没有其他地方可藏身。这是‘猎犬’警官、‘狗鼻子’‘书呆子’刑警们的推测，但充其量只是猜测罢了。”

女士们紧张地叹了口气。

“为什么会躲在那里?”彩华夫人大声问。

“这个嘛，要说明什么理由的话，可能会被凶手耻笑吧！毕竟还没有任何假设，搞不好凶手根本没躲在王仁先生的房间里。”

“凶手有可能不在房间里吗?”一马问。

“不无可能，凶手要弄诡计，事先演练了许多犯罪技巧，或许也不能这么想吧！也就是说，凶手可能是临时起意犯案，在没任何心理准备、进退维谷的状况下，不得不杀害王仁先生与珠绪小姐。”

一马忽然想起什么似的，抬起头说：

“前天王仁惨遭杀害时，我工作到凌晨三点，因为彩华跑来我房间，被吵醒的我索性起来工作。去年开始写些关于法国主流诗派的散文，不过进展不是很顺利。记得大概是一点左右，听到隔壁传来钥匙插孔声，虽说夜深人静，不过瀑布声音太吵，所以听得不是很清楚，因为听不到脚步声，所以分不清那个人是出来还是进去。”

博士点点头，说：“原来如此，要是凶手的话，未免粗鲁了些，可能是宇津木小姐吧！请问尊夫人一直都睡在这里吗？”因为这问题问得有些突然，一马吓一跳。

“是的，前天和昨晚都是。”

“那么歌川先生确实是工作到凌晨三点喽？”

“是的，不过那是前天的事，昨天很早就睡了。”

“尊夫人一直到凌晨三点都在睡觉是吧？”

“是的，一直都在睡觉。”

“这么说，这里终于有个人有不在场的证明，其他人都无法证明自己的清白。惨遭杀害的珠绪小姐像被刻意安排睡在特别的房间里一样，无论是地点、条件都很容易下手。对了，歌川先生，令堂的忌日是何时？”

最后一句话让一马脸色大变，显得有些困惑的他怔怔地说：

“下个月九日，总觉得那天应该会发生什么事吧！”

“也不见得，不过还真搞不懂呢！那封恐吓信和这次的杀人事件究竟有何关联，还是摸不出个头绪，也不确定杀害王仁先生和珠绪小姐的凶手是否为同一人，不过倒是那封恐吓信值得留意。”

这时佣人来报，王仁的尸体已经运到。

九、火葬归途

在大厅的灵堂举行诵经与焚香事宜后，以大八车①载着棺木前往火葬场。特地前来处理后事的男士们有一马、木兵卫、人见小六、丹后弓彦、博士和光一，就连神山东洋也列席，众人一起护送棺木前往火葬场。驼子诗人像森林女巫般拄着拐杖来到玄关时，站在外面的彩华夫人看到，便说："内海先生，你还是别逞强吧！至少得走个半里路呢！不好意思，恕我失礼了。"

---

① 大八车，江户时代前期的一种大型运货车。

“就是啊！这么大的家只留下我们几个女人，感觉好寂寞哦！”秋子小姐说。

“哎哟！内海先生还真是受欢迎呢！”千草小姐故意大声冷笑，“要去就去啊！难不成想留下来当美女们的玩具？不至于这么蠢吧！”

千草小姐的个性真是刻薄，可能因为长得不漂亮，心理也自然变得扭曲，才会说出如此低俗的言辞。但驼子这家伙也是个怪人，居然对没什么大脑、粗鲁无礼的千草小姐有好感，真是不可思议。只见他似乎心情很好，傻笑地说：“是啊！我要去，王仁那家伙没我引渡可不行呢！不然他就无法安心上西天了。”

只见内海在队伍后方一跛一跛地走着。彩华夫人和他并肩走着，一直送到门外。

送葬队伍经过森林，终于来到谷底渺无人烟的火葬场，四周围绕着一望无际的平坦的草原，远处矗立着钵状的山脉，山鸠在林间啼鸣。火葬场的柴薪已经架起，旁边有间焚尸工守夜用的小屋。再次开始诵经、点火，一想到那旁若无人的彪形大汉，身躯即将随烟消逝，心中真是感慨万千。

我们决定明早再来迎回遗骨。不知不觉天色已暗，浮起薄薄烟尘；山谷逐渐笼罩于烟雾中，群山被晚霞染成暗紫色，蝉声泣啼，这是烙印在我记忆深处的夏日夕阳山景，只是当时还不到蝉鸣时节。

内海果然极度疲累，脸色愈来愈惨白。

“喂！驼子先生，你上车，我推你回去吧！回程的大八车应该比较轻。鬼气森森、醉生梦死，还真是个拖着老朽身躯的奇怪的贵公子，快坐上去吧！快啊！”

“妖怪可是变幻莫测、长生不死的。那我就不客气啦！”

待内海缓缓登上大八车后，车子随即前行，光一在后面帮忙推车，登上陡峭的山路。

跟在后头的是僧侣们与一马、神山东洋，还有丹后弓彦、小六、木兵卫，加上巨势博士与我缓缓走着。

弓彦突然露出嘲讽的神情，环视我们，说：

“我不清楚珠绪小姐的事，不过杀害王仁的凶手应该就是我们四个人当中的一个，巨势也是这么想的吧？”

木兵卫连哼都没哼一声，全然不予理会，继续往前走。为人憨直的人见小六则是稍稍喘着气问：

“咦？为何说是我们四人呢？”

“我们四人中嫌疑最大的就是你吧！因为你是那种老谋深算，什么事都藏在心里，又很会察言观色的人，所以王仁和珠绪小姐是你下的毒手，是吧？”

“所以才说凶手是我们四个其中之一？”

“干脆就承认人是你杀的吧！你也是个作家啊！我们都是搞创作的，说话本来就比较口无遮拦，况且我也不是什么神探。”

虽然弓彦觉得有些不好意思，但还是露出嘲讽的笑容。

“如果王仁是因为盗窃过失而惨遭杀害，未免无趣了些。还有，我只是打个比方啦！也有可能是一马为了妹妹的事情找王仁谈，因为王仁实在太过无礼，结果一马一时冲动杀了王仁和妹妹；倘若事实真是如此，也很无趣，不是吗？当然，我也摆脱不了杀害他们的嫌疑，但这样也很没意思。我们不是神探，只是搞文学的，没必要探究事实真相找出凶手吧。不过光是想象凶手杀害王仁和珠绪的样子，不觉得这题材挺有趣吗？对创作者而言，也是挺不错的灵感来源；身为文人，就是要丢弃那些迂腐的犯罪理论，不知各位觉得呢？”

小六愤怒得不想回应。

“你这是在干吗？讨论文学吗？能不能停止这种无聊的废话，就事论事地看待这次杀人事件，真相就是真相，凶手就是凶手，哪来什么陈腐可议？况且也有可能是我们不认识的人所为啊！事关人性，哪来什么迂腐的犯罪理论……”

木兵卫以沉着的口气，连珠炮似的说个不停。怒气冲冲的小六只是一个劲儿地往前走。

“丹后这家伙八成心怀鬼胎吧！什么嫌疑犯、迂腐的犯罪理论。说穿了，只是想替自己辩护罢了。我最看不起这种人了。王仁虽然傲慢无礼，心地还算坦荡，有其可取之处；和他那豪爽开朗的个性相比，同样是作家的丹后明显略逊一筹，不但心机沉浮、个性又阴森，根本不配当个作家。虽然王仁平常说话大大咧咧的，但还算明白事理，思虑也较深。当然，光看外表感觉不出来，不过作家本来就爱想东想西。相较于丹后现在的作品，王仁的创作显得简洁有力多了，思考面也广，格局大多啦！反观丹后，根本变不出新把戏，深度也不够，十分小家子气；所以你刚才说的那番关于凶手的论述，只是为了替自己辩护罢了。你就老实招了吧！王仁是你杀的，珠绪小姐也是你下的毒手。你担心自己被识破，也很在意巨势也在此。”

丹后奚落的笑容从未停过。

众人来到山谷，进入乡村小道。

“不好意思，我想四处逛逛再回去。”

丹后弓彦和众人道别后，便走向与村子反方向的另一头，那一带是温泉区，有一间温泉旅馆；虽说是温泉旅馆，也只有住在附近的人才会去光顾，充其量只能说是那一带的公共澡堂。

我突然想到一件事。那间温泉旅馆有贩卖杂货和药品，而且是现在已经没人要买的战前物品，所以应该还有没卖出的存货，像是战争期间流通的卡尔莫宁①，虽然那时我只要喝点酒就睡得着，不必靠什么安眠药，但最近却深为失眠所苦。原本就想去一趟温泉旅馆，看能不能买到战前进货的卡尔莫宁，结果为丹后先行离去才猛然想起。于是，我也先行脱队，想追上丹后；但走了三町②后，他却往回走。

“怎么了？不是要去温泉旅馆那边吗？”

“就算去那边也无法解闷，我先走了。”从这里到旅馆还有四五町之遥，那座村落只有十五户人家。

温泉旅馆老板约莫四十岁，看起来颇为精明的斯文模样，听我说明来意后，说道：

“是啊！有时也有客人因为东京没卖的东西，特地跑来我这里找。毕竟不晓得现在的行情，还是别卖比较好；以前就是因为什么都不知道，卖得太便宜，结果大亏本，现在已经没什么库存了。”

“可以麻烦你找找看吗？如果有的话，用黑市行情卖给我也行。”

---

① 卡尔莫宁，一种安眠药。

② 1町约为109米。

“我不知道什么黑市行情啦！听说都是几十倍、几百倍地卖呢！”

“药品从以前就是照九倍的价钱来卖，食物的话，大概有百倍，不过我看现在药品应该也有百倍的行情吧！价钱等会儿再商量，先看看到底有没有我要的东西吧！”

老板将以前的药收纳在架子边上的纸箱里。我把每个都拿起来查看，但没有我要的。因为受到老板不少照顾，总觉得不买些什么，有点不太好意思，所以买了胃肠药、驱虫药，还有其他两三种药品才离开，结果没有一样能立刻派上用场。

“卡尔莫宁？那是什么药啊？”

“助眠药。”

“我想起来了。三个月前，歌川先生家的客人南云先生，和歌川先生的妹妹由良婆婆来买了一堆东西，那时好像有买什么安眠药之类的。”

归途时，天已全黑，山毛榉林一片昏暗，走起来十分危险，只能凭借些微光走过歌川家后山的便捷方式，走到通往三轮山的山径。我打算从那里绕到后门，正准备下坡时，在后门巧遇刚从禅寺那边走来的一马。

“哟！是你啊！你自己也很晚回来嘛！”一马显得有些惊讶。

“我跑去温泉旅馆那里买卡尔莫宁，想说能不能碰运气买到战前留下的药品，没想到被由良婆婆抢先了一步。”

“原来如此。那间温泉旅馆的存货最近可抢手呢！写封信叫我先帮你买不就得啦！我去草林寺商谈我妹妹的丧礼事宜，却没半个人在，只好坐在正堂发呆了三十分钟。”

这时，从大门方向的斜坡出现手电筒一晃一晃的光影，原来是海老冢医生。他认出是我们后，怔了一下，才对我们打招呼：

“王仁豪杰也化成一缕烟了吗？”

王仁已经化成一缕烟。居然从这家伙口中听到我心里在想的话，难不成这家伙是我肚子里的蛔虫？不只王仁，大家都会走上这条路。海老冢这家伙不知在念叨什么时，恍神的我仿佛被敲了一记。

这时，我突然惊觉一件很糟糕的事，脑中瞬间一片混乱。

我刚向一马提过，稍早之前和登上山谷小径、准备前往村落的三人道别时，也提过同样的事，那就是我说要去温泉旅馆买卡尔莫宁。王仁陈尸的现场发现掺有安眠药的牛扁汁，珠绪小姐的枕边也散落可疑的白色粉末。老天，我竟然忘了这件事，还一副夸耀自己常用卡尔莫宁似的，演技还真是拙劣。很在意会被大家视为嫌疑犯的我，心情随即变得很阴郁，闷闷不乐。

我们和海老冢医生在厨房入口道别后，绕过花园走向别墅时，看到四位僧侣、多门老爷与由良婆婆，一起坐在白天还是灵堂的主屋大厅用膳。一马走向大厅走廊，问："这是怎么回事？这些僧侣怎么会在这里？害我一个人傻傻地在正堂等了三十分钟呢！"

"诗人还真是缺乏常识啊！"多门斜睨一马一眼，不屑地说。

"做完法事本来就该招待僧侣用斋，这是日本自古以来的习俗啊！"

"请问有什么事？"老僧侣微笑地问一马。

这位僧侣战前曾在大学教授印度哲学史，是日本知名的佛教学者；因为出身乡下地方，所以战时便回来村中禅寺避难，是一位光看外表，根本看不出是一位学者的穷酸老僧。

"没事，不打扰您用膳，明早再请教您就行了。"

一到客厅，晚膳早已准备好。内海一落座，便开口：

"我今天坐大八车回来，从拉车的村民那里听到一件很妙的事；虽然凶手可能就在我们之中，但也可能不是。听说逃到村子里的避难者中，有个行径诡异、似乎是退伍军人的文学青年，还是个政治狂热分子。他说过'像王仁那种情色作家要是不杀掉，日本就完了’之类的话，还掏出怀中匕首在村民面前耍弄，说什么‘要用那把匕首杀王仁’。那个人也讨厌珠绪小姐，说什么‘那种女人会让日本亡国’，听说警方也盯上那男的了。”

一马听完后，疑惑地说：

“那男的不是来避难的，其实他是村里土生土长的制图工，叫奥田利根吉郎。后来跑去从军，退伍回来后家被烧掉了，妻子也行踪不明，才会变得怪里怪气。其实他在从军时就已经有行为偏差，当时他在中国北方服役，开始崇拜孔子，现在他暂住的房间窗户上还挂着什么孔子研究所、论语研究会之类的招牌呢！当然，这些都是听说的。某天，他在路上碰到王仁，想上前向他理论什么时，被王仁用枪吓退。瘦弱单薄的他根本威吓不了王仁，只能像斗败的小狗夹着尾巴逃走；而且批评王仁是情色作家的他也很妙，居然写过奇怪的信给内人。”

只见彩华夫人也一脸困惑：“不是什么情书啦！但是和王仁先生有关。说什么不要被王仁这种情色作家骗了之类的。”

“我不知道他是不是真的很奇怪，不过这形容倒很贴切呢！他被王仁弄伤后，到我的医院包扎，只是轻微擦伤而已。记得他那时曾这样说：‘有臂力的人都是暴力分子，还说什么体力、精力都不是文化产物。’大概是这样，他可能脑筋真的有点不太正常吧。那时他还说什么歌川多门曾写信给长得很丑的卖春女，对方却连理都不理他。他并没有指名道姓是谁，只说是妓女之间在谣传。”海老冢又说了令人不太愉快的话。

“喂！谁快来把这个装模作样的蒙古大夫给我撵出去!”光一火冒三丈，“真受不了这种无聊又神经质的家伙，实在太做作了，活脱脱是个曲学阿世之徒。你以为你是谁啊？根本不配和我们同桌用膳!”他怒气冲冲地走过来，一口气将海老冢坐的椅子端起来，扔向客厅。

光一一走回来，海老冢又若无其事地搬回椅子，毫不在乎地坐回原位。怒不可遏的光一大吼：“我说你这个天才，不只身子残疾，难不成连脑袋都生锈啦？别开玩笑了，凶手绝对就在我们之中!”

“你凭什么这么说？也有可能是外贼侵入所为啊！凶手能够自由上锁、打开王仁的房间，肯定握有钥匙，所以只有住在这里的人才能做到!”

只见一马忍不住大吼：

“我们又不是神探，这话题就到此为止吧!”

“呸!”光一吐了一口口水，“我可是求之不得呢！不如来聊些情色话题吧！而且只限这话题哟！反正我们用餐时常聊的嘛！男男女女齐聚，一边喝酒，一边聊文学、艺术，谈论诸位大作家难登大雅之堂的创作。总之，不愧是王仁先生，只有他写的东西最成熟。好了，咱们就来聊聊情色话题，大方地谈论吧。今晚可得好好找宇津木大师的碴儿才行。不过，我喜欢胡蝶小姐那刻意冷淡的态度呢！再怎么说，我也是日本人嘛，对佛像特别感兴趣呢！尤其是飞鸟时代的创作。我记得巴厘岛的情色舞还保有飞鸟时代的传统情色味道，舞者那腰际线条可真教人想一把搂住。”

光一又起身，模仿南洋土著扭腰摆臀的舞姿，甚至哼起当地的传统民谣。只见他摆手扭腰、哼哼唱唱，颇为精湛美妙，仿佛从南洋直接空运过来似的，让在座女士们惊愕不已，原本憎恶的眼神也转为赞叹之情。

十、疯子大集合

晚上九点四十分。由良婆婆来到客厅，环视四周，问海老冢医生：“千草在吗?”

“不知道。”海老冢一副爱搭不理的样子。

一旁的宇津木小姐接着说：“一直没看到千草小姐呢！刚才吃饭时也没看见对吧，医生?”

“我不知道。”

“彩华夫人，你有看到千草小姐吗?记得你也在一起用餐。”

“没有，没看见啊！”

“哎哟！怎么回事啊？还以为她在这里呢！这孩子到底跑哪儿去了？”

老妇人脚步蹒跚地离开。

由良婆婆曾经中风，之后就影响到行走，跛着脚，辛苦地上下楼梯。因为外面没有适合的住所，只好忍耐这种每天像爬山似的上下楼梯，所以老夫妇晚上都会自备夜壶。

大家都醉了。光一也难得喝个烂醉，就连内海也灌了好几杯啤酒。杀人事件发生当晚的聚会如此神经质、莫名尖锐又痛苦。“也许杀人凶手就混在我们当中。”我总是不由自主地意识到这一点，多少令人心里有疙瘩。

平素滴酒不沾的木兵卫一喝醉，就成了难搞的家伙。只见他从刚才便一直缠着丹后，随即话锋一转，又冷不防地将矛头指向海老冢，嚷嚷道：

“你这个怪里怪气的医生……喂！你给我过来！真是讨厌的家伙。把我们这群人都当成疯子、怪人，你心里就是这么想的，对不对？我看啊，你才是真正的怪人。”

“哎！真是至理名言啊！”光一似乎很兴奋，也跟着起哄，“我可要洗耳恭听。”

“我一向很讨厌揭人丑闻，但只有你不适用这原则；虽然你打心底瞧不起我们这些文人，你自己还不是每晚留宿钓殿，和女人乱搞，我有说错吗？还有，加代子小姐很讨厌让你看病，要是没人陪在身边，她死都不肯让你诊疗，没错吧？你这个色鬼，不但硬拉加代子小姐的手，还会揉捏她的胸部，最近又盯上那个叫下枝的年轻女佣，说什么她犯了胸痛，可能是哪个内脏出现病兆之类的，频频暗示她接受诊疗；以上这三件恶行都发生在宅邸内，至于医院那边如何，我就不太清楚了。不过光是宅邸这三件丑事便能判断，比起我们文人间的爱恨情仇，你这种阴郁又变态的异常行为，更令人‘叹为观止’。”

“好！说得好！”光一显得非常兴奋。碍于礼教，在座女士们尽量装作什么都不晓得，只是窃窃私语；不过木兵卫接下来的一番话，却让在座女士噤声。

“好个名医、君子啊！没错，就是这眼神！大家看，那是闪闪摄人的变态眼神、杀人眼神，那是对血的饥渴，渴望血流成河的杀人魔眼神，就算想藏也藏不住。你们看，你们看！”

喝醉的木兵卫面色苍白，杀气腾腾，他那恶鬼般深沉的双眼，闪闪发光，一点也不逊于海老冢医生。从头到尾目击这一切的我，发现他气得浑身发抖，而且因为过于亢奋，双眼还露出狂人般的闪光，那是随时都有可能扑上前杀人的眼神；仿佛欲将对方撕裂、捏个粉碎，那是随时都有可能干出疯狂行为的狂人眼神。

女士们惊愕地屏息。

木兵卫怒目斜睨海老冢。

“他根本就是个变态、精神分裂者、妄想症患者，总之就是个怪人！还自以为纯洁正直呢！他非礼加代子，和女人们乱搞，连下枝小姐也不放过；对于自己的所作所为没有半点羞耻，这不是变态、疯子，是什么？只会一味指责别人，却不知检讨，这根本就是疯子行为，不是吗？各位不觉得吗？”

海老冢的眼神益发怒气升腾，看来已经临近极限，即将一发不可收拾。眼看愤怒情绪将要溃堤的他，感觉随时都有可能爆发。此时，传来一阵拖曳的脚步声，只见由良婆婆扶着诸井护士的手，走进来。

“到处都找不到千草呢！怎么会这样？有人看到她吗？”

瞬间弥漫一股恐怖气息。

“不会吧！难不成被杀了吗？”光一大吼。

“婆婆，放心啦！那女孩精力可充沛得很，也许只有在您面前才会收敛些，其实她是一个性感尤物呢！”

在座众人皆不发一语，没人想再多说什么。只见诸井护士发出宛如浮尸从水中出声似的低沉嗓音，说：

“千草小姐出去幽会了。”

“你说什么？你知道些什么吗？”由良婆婆的惊愕眼神投射在诸井护士的冷漠脸庞。

“千草小姐收到一张匿名字条，还很得意地拿给我看，不过我没多看就是了。然后她六点就出门了。”

“去哪儿？”

“不清楚。”

“跟谁？哪个男的？”

“我有义务保密。”她冷冷地说。

现场再度陷入沉默。

海老冢像熊似的轻轻挥舞手臂，样子看来颇为奇怪，可能是过于亢奋的关系，只见他激动得愤然起身，回头斜睨众人，随即挥着双臂快步离去，走到走廊时又突然回头，用尽全力怒吼：“混蛋！”

明明个子矮小，却发出如此蛮声，那是充满愤怒的声音；海老冢医生随即像冲上天似的迅速离去。

“哇哈哈哈！哇哈哈哈！”光一发出诡异的笑声。

“还真是够余兴呢！什么跟什么啊？杀人还有余兴可言？也许这座宅邸本身就是个笑话吧。住着一堆爱端架子的家伙，充其量只是个淫窟，成了一群纵欲色情狂的巢穴罢了。”

“闭嘴！你这个痞子给我滚回东京去！立刻滚回去！”彩

华夫人愤怒到全身发抖，像被电击似的，激动得血管都快爆出来了。

“你说什么？你这个婊子，有种再说一次！”

语毕，只见光一神情丕变，犹如厉鬼。相较于海老冢那活像杀人庖刀般的冷冽，光一则像个失去理智的暴徒、厉鬼、一头疯狂的野兽。

说时迟那时快，光一整个人弹跳起身，一把揪住彩华夫人，将她狠摔出去。只见彩华夫人被摔得老远，贴地趴伏，不但衣服被扯破，膝盖也撞伤，连站都站不起来了。大伙赶紧上前搀扶，夫人才能勉强起身；柔弱的外表下，有一颗坚毅之心的她立刻还击。

“痞子！杀人凶手！”

“你这个臭婊子！”

众人还来不及反应，彩华夫人已经砰的一声飞了出去，重摔在地。光一这家伙的臂力犹如箭矢般迅速利落。

正当大家心想这下子又要发生什么事时，只见光一突然拿起大花瓶往大家砸来，幸好人见小六练过一点拳脚功夫，挡住光一砸来的花瓶，大家都没受伤。被当成凶器的花瓶落在地上，摔个粉碎。

小六吓阻了光一犹如猛牛般的怪力。彩华夫人生怕遭遇不测，赶紧逃离；只见她经过饭厅，奔向庭院。

光一立即追上去。待大伙追上去时，彩华夫人已经被他压倒在松树下，眼看近乎奄奄一息。

大伙费了九牛二虎之力才拉开他们，并设法隔开两人。彩华夫人在女士们的搀扶下离去，光一也像一头狂牛般大口喘气，无奈一时不察，又让他脱序大闹。

彩华夫人又像箭矢般逃命，只见身轻如燕的她像一条鱼般，拼命往前冲。

原本逃出饭厅的她又逃回屋内，一行人在后面追赶，好不容易追上时，她已经躲进自己的房间并反锁房门，光一则因为爬楼梯时跌跌撞撞，来不及追上她。

像一头发疯野牛的光一拼命踹彩华夫人的房门。待我们追上去时，听到他怒吼："混蛋！丑女！你要是敢出来，看我不宰了你！勒死你！勒死你！"

光一扯着自己的衣领，用力扭动脖子，纵身一跃，又踹了一脚房门，没想到一个重心不稳摔倒在地，摊呈"大"字形。

这场闹剧大概闹了一个钟头吧。当大伙再次凑上前时，光一又纵身跃起，像一头猛兽般咆哮不停；众人决定不再理会他，各自回房休息。约莫过了十几、二十分钟，又听到光一踹踢彩华夫人的房门，随即又瘫倒在地，嘴里不停地咒骂。

我被吵得睡不着，光一就这样持续咆哮大闹了三个小时。翌晨，不晓得是谁先起来，看到疲倦的光一躺睡在彩华夫人的房外。

幸好彩华夫人没事，光一隔天也恢复原样，只是无法预料的杀人计划正悄悄进行着。

驼背诗人惨死在自己的寝室里，后来众人分头寻找，终于在三轮山密林中发现了千草小姐的尸体。

【附记】

事实上，《不连续杀人事件》这名字有很多问题，是否正因为不连续，所以凶手应该不是同一人，名侦探也得频频登场呢？从“书呆子”刑警现身凶宅开始，我便有了取这名字的灵感，但总觉得念起来有点怪。

“鬼点子”女士也从遥远的九州饭冢寄来一封信，说什么已经连续死了七八个人，嫌疑犯却也陆续惨遭杀害，真是令人厌恶的诡计之类。即便你有“鬼点子”的称号，但还是得对你说声抱歉，别想轻易破解这诡计。

从作品名称推断凶手一事，是《半七捕物帐》① 惯用的手

① 《半七捕物帐》，冈本绮堂著，是以江户时代为背景的早期日本侦探小说。

法。“猎犬”警官也是一位从推理小说的装订图案推定凶嫌的高手，但明治维新后，便老是逮不着真凶。推理小说的作者本来就喜欢从作品名称获得各种灵感。名探诸公耻笑《半七捕物帐》老是卖弄愚昧的才华时，更该喟叹日益恶化的日本治安。

现在是巨势博士就“连续”“不连续”一词，说明其意的时候，还请各位千万不要着了凶手的道儿，不然作者也会因为无力抗辩而困扰不已。

又来了一封挑战书。依乱步侦探所言，同样身为推理小说家的角田喜久雄先生是参加本次猜谜游戏的首位高手，在此谨收下角田大侦探的挑战书，紧接着的是式场隆三郎先生。

坂口安吾

十一、从火葬场回来的路上

翌晨，我出外散步时，瞥见光一仍呈“大”字形躺睡在彩华夫人房门前。我走过后门，朝三轮山方向走。

“喂!”迎面有人拄着手杖朝我大喊，原来是神山东洋和老仆喜作叔。

“起得真早啊！神山先生。穿登山鞋散步，还真是时髦。”

“我习惯早起，可不是开玩笑哦！只有你们这些搞文学的和盗贼，才会白天蒙头大睡吧。我可不是在散步，而是在找人，千草小姐从昨天傍晚就不见人影。矢代先生，虽然说这些话有些莫名其妙，总觉得有一种不太好的预感。别看我这样，其实我的心脏不太好，有点不舒服，没办法在这丛林般的山径走太久。”

“你一直沿着这条路找吗？”

“嗯，只能沿着这条行人可走的小路找，我可是从三轮神社一路走到三轮池。”

于是，我们三人一起走向三轮神社背面更深的密林搜索。一路山白竹丛生，杂草、藤蔓缠绕，四周阴森静谧。

“不觉得这一带就像是会发生凶案的深山密林吗？我实在很讨厌走进这里，真受不了。”

神山边说，边停下脚步，似乎发现地上有什么东西：“咦？这是什么啊？”

神山弯腰拾起。

“哎呀！这不是女人的口红吗？好像是不小心掉落的。你看，那边杂草好像有踏过的痕迹，难不成……”

我们往前走个五六步，发现有个包掉在地上，里头的东西散落一地；又往前走了十步，惊见惨遭杀害的千草小姐像睡着似的趴伏在大树荫下，被包巾蒙住双眼，似乎是被女用腰带之类的东西勒死的。

四周没有任何抵抗或打斗的痕迹。

“看来几乎没什么抵抗呢。我们一开始发现的那处被践踏的杂草，该不会就是第一现场吧？再将尸体搬来这里丢弃，真是可恶至极的暴行，不过凶手倒是没有对女人乱来，还算挺绅士的。”身穿衬衫与长裤的千草小姐，服装仪容还算整齐。

我们报案后，刑警、巨势博士等一行人跟着我和神山来到凶案现场。回去用早膳时，又传出内海明在寝室惨遭刺杀的骚动。因为迟迟未见内海明出来用餐，彩华夫人前去叫他，没想到寝室竟成了一片血海，身穿睡衣的内海俯卧在房间中央的床上，侧腹三处、胸口和颈部各有两处刺伤，梳妆台上放了一把清洗过的匕首，可见凶手曾在这里洗手；这把凶刀是摆放在起居室架上的其中一把。内海穿的拖鞋抛离脚边约两英尺远，门旁还有一双凶手穿进来，脱掉后才离去的拖鞋，那是放在内海寝室旁边洗手间内的拖鞋。除此之外，没发现凶手留下任何东西，连指纹也没有。

现场勘验结束后，内海明尸体连同千草小姐的遗体一起由县立医院的医生，在草林寺正堂进行解剖。千草小姐的遇害时间，推测为十八日下午六点至七点之间，驼子诗人则是于晚上十一点至十二点左右遇害。那时，内海似乎正坐在床上阅读拉克罗①的《危险关系》，小说滚落床下，有可能是从洗手间回来后惨遭杀害，也有可能是引狼入室后被杀；因为是熟人，内海在丝毫未觉杀意的情况下，遭凶手从身后朝侧腹刺了两刀，身子摇晃向前倒时，又被胡乱刺了好几刀，刺中心脏毙命，卧倒在地后，颈部又被补上两刀，由此可见应为熟人所为，因为怕死者醒来，所以补了好几刀。

晚餐后八点半，“猎犬”警官要求大家到客厅集合。

“看来不能再客套下去了。在座各位已经摆脱不了嫌疑，希望各位能坦诚与警方配合。现在请各位提出从望月先生的葬仪后，到晚餐这段时间的不在场证明，先请巨势先生说明，您是几点回到这里的?”

“这个嘛，因为我生性是个糊涂虫，除非约会，根本不看表。”

博士露出苦笑，神山东洋接话道：

“我有注意时间。诵经结束后点火，大伙准备离开时，矢代先生问了一下时间，记得没听清楚的一马少爷还反问：‘什么?’于是我瞄了一眼自己的手表，记得是六点零六分，一马少爷说是六点零九分；虽然我的手表不是什么高级货，却也是

---

① 拉克罗，法国作家，为描写18世纪末贵族颓废生活的先驱。

块好表，十分之一秒都不差呢！如何？要的话，算你十万日元，哈哈哈！”

“鬼点子”女警尖声说：

“哎呀！矢代先生，您不是有戴表吗？为什么还问别人时间呢？”

“昨天搁在桌上忘了戴出门，难不成‘鬼点子’小姐是那种一年到头将所有的东西带在身上的人吗？”

“你在胡说什么？未免太失礼了。”

“住嘴。”

“猎犬”警官斜睨一眼，眼神果然很有魄力。

“所以，大家是一起回来的吗？”

无人回应，神山东洋又接着说：

“没有。内海先生在大八车上，土居大画家在后头推着，还有两个小伙子在前面拉车，连同土居先生一共三人，推着车子疾速上坡。”

“为什么会有大八车？”

“载运尸体用的。”

“那两个人帮忙完后，为何没有立刻离去？”

“这和都市的人力车、出租汽车不一样，那两个乡下小伙子是少爷雇来的，还得帮忙堆柴之类的，所以不能马上离开；

况且火葬场有很多事需要人手。”

警官回头看向“书呆子”刑警，问：“那两个小伙子来了吗？”

“来了。昨天所有的关系人都在那边的房间候着。”

接着，传唤和三郎与阿清这两个小伙子。

“内海先生坐到哪儿？”

“禀报大人，他坐到大宅后方的山路那边。”

“是往三轮山方向的岔路吗？”

“是的，是个名为十三间的地方。从十三间下坡，就有一条岔路。”

“他为何只坐到后门那边？”

“因为接下去是下坡，他说坐车下坡不太舒服，便下车了。”

“是这样吗？土居先生。”

“我哪知道啊！我只是帮忙推到从火葬场还要走个四五町远的地方；之后都是弯曲山路，没什么需要使力的上坡路，有那两个小兄弟拉车就够了！用不着我在后面推。”

“你没一起坐车吗？”

“那车的速度可快得很呢！而且是越跑越快，嘎啦嘎啦转个弯，一下子就看不到了。我走到往三轮山的岔路时，就没看到驼子。”

“有谁后来看到内海先生吗?”

无人回应。

“土居先生回来时，内海先生已经回来了吗?”

“还没，我应该是第一个回来的吧。内海第二，之后是谁就不知道了，我又不是警卫。”

“你还记得自己是几点回来的吗?”

“这问题可就考倒我了。我回来时，第一个看到的人是宇津木小姐，她应该比我有时间观念。”

“七点左右，好像不到七点十分吧。不巧我也是个没什么时间观念的人。”

“其他人是一起回来的吗?”

“我和一马，还有僧侣们是接在他们之后离开的，其他人应该更晚吧。”

神山东洋回答。

于是我主动开口：

“是的，我和丹后、木兵卫、小六以及巨势博士边聊，边走回来。一上了山路，丹后就和我们道别，朝温泉旅馆那边走。虽说我们争论的事情令人有点窘，但还算平心静气就是了。后来我也去了温泉旅馆买药，走了约两町就遇到折返的丹后。我从温泉旅馆买完药要回来时，天色已经暗了，后来还在后门遇到一马，还有拿着手电筒、像个哲学家般独自散步的海老冢医生。”

“所以你是和神山先生一行人一起回来喽？”

“是的，我们一起回来，但僧侣们走到后门那边就回寺院了。”

一马接着说：

“我原以为僧侣们已经回寺院，后来想起有事要找他们，所以去了一趟寺院，结果一去才发现没半个人，只好独自坐在正堂前，等了快三十分钟。结果回来时，在后门遇见矢代，走进客厅一看，才发现原来僧侣们在我家。”

“了解。那么歌川先生在草林寺等候的那段时间，有遇到谁吗？”

“那里地处偏僻，没遇见任何人，所以我没有不在场的证明。”

“丹后先生与矢代先生是各自回来的，是吧？其他的如人见先生、三宅先生和巨势先生则是一起回来喽？”

“没有，后来我又单独出去。”

木兵卫抬起冷漠的脸，说道：

“人见和巨势先生弯进山毛榉林小径，我则是朝内海坐的大八车方向走。”

“应该有遇到内海先生吧?”

“抱歉，当时连个人影都没有。因为那边小路都是蜿蜒隐蔽于密林中，四周没有田地，所以人迹罕至。”

这时海老冢姗姗来迟。

“哎呀！你总算来了。百忙中还劳烦您来一趟，真是不好意思。想说您每天都会过来一趟，今晚是突然有急诊吗?”

“拜托！没事干吗每天过来啊?”

医生挺了挺身子，露出傲慢的眼神：“真受不了!”

他喃喃自语着。

“海老冢医生昨晚大概几点过来的?”

“干吗？谁会特别去记这种时间?”

“那你总该记得自己何时离开诊所的吧?”

“我根本不戴表，除了看守钟塔的人以外，我想没有人会盯着时间过活吧。”

“话是没错，不过一般要去别人家拜访时，都会稍微留意一下时间，海老冢医生难道不会吗?”

“倘若不会，那就蛮奇怪的。海老冢医生，你明白我的意思吗？就像警官说的，一般人要去别人家，出门前多少会留意一下时间。”

木兵卫话中带刺，冷冷地说。看来昨晚的事烙印在他脑中，有着学究气的他是个一旦锁定目标就会紧咬不放的人。

“随便你们怎么查，我的工作是替人看病，警察的工作是调查，我只知道分内的事，其他一概不知。”

“矢代先生和歌川先生在后门偶遇海老冢医生，是吧？矢代先生是走大八车经由的山路，歌川先生是从禅寺那边，海老冢医生则是从村子过来，那时大概几点呢？”

“八点左右吧。因为天色已经暗了。深山里的天色暗得比较快吧。”

听到我这么说时，警官又问：

“了解。也就是说，土居先生是第一个回来，大概是七点或六点五十分左右；接着是内海先生，再后来是神山先生、歌川先生；歌川先生回来后又出门，再后来是……”

“我和人见先生。”巨势博士说。

“之后是三宅先生、丹后先生、矢代先生，应该全部都有点到吧。那么，有没有哪位女士在这段时间出门呢？”

“我们都待在客厅里，当然也有人在厨房里，基本上大家都在一块儿。”宇津木秋子回答。

“有哪些人？”

“我和胡蝶小姐在客厅里，彩华夫人在厨房里，我们聚在这里聊天时，神山太太也在，只有千草小姐不在。”

“最后看到千草小姐的是哪一位？”

“是我。”

在座之一的诸井护士干脆地回应，感觉有一股能威吓别人的自信。

“我看到她六点左右从后门出去，一分钟前还给我看了一张字条。”

“你有看到字条的内容吗？”

“有，上头写着：‘今天六点半到七点左右在三轮神社，静待丑女与驼子幽会，细节留待见面时详谈。’千草小姐还很得意地说：‘内海先生很迷恋我呢！’”

“那张字条是内海先生托我转交的。”彩华夫人有点不太好意思地说。

“内海先生真是个怪人，还突然对我说‘幽会’这字眼太老套了。用‘魍魅密会’这词比较适合，他说这是一场魍魅丑女与驼子的密会；看来他说要送给丑女一首诗是出于真心的，千草小姐也是为了这首诗而活。”

“何以见得？”光一语气颇为轻蔑。

“他真的有写那首诗吗？警官先生，你们查过内海的原稿吗？”人见小六问。

“这个嘛，查是查过了。但我对这东西是个门外汉。巨势先生，那原稿还留着吧?”

“当然，但只写了个标题而已。”

“猎犬”警官态度大变，环视在场众人。

“昨晚还真是骚动不断啊!”

警官边笑边瞅着光一。光一撂了句：“不关我的事!”旋即别过脸去。警官又瞄向彩华夫人，她因为昨晚受伤，膝盖和双手手臂、手指都缠着绷带，一脸困惑；拜天生美人坯子之赐，无论何时都显得十分从容，总是给人生气勃勃的感觉。

于是，警官的目光又落在海老冢医生身上。

“海老冢医生应该很生气，为何没有立刻掉头走人?”

“我是直接回家啊!”海老冢满脸愁容，一副咬牙切齿状。“猎犬”警官完全不予理会，直盯着海老冢双手的绷带。

“手受伤了吗?”

“昨晚走山路时摔倒了。”

“听说海老冢医生的脚不太方便，从这里到医院起码得走上四个半钟头，所以昨晚应该是九点半左右离开这里喽?”

还是初次听闻每晚都会留宿的海老冢，昨晚居然回家了，让我不由得竖起耳朵。只见海老冢眨着大眼，冷冷地斜睨警官一眼，没有搭腔。

“昨晚午夜十二点半接到医院打来的电话，通知有急诊，诸井护士赶紧去钓殿找海老家医生，可是没看到人；那是海老家医生从这里离开了一个半小时后，约莫两点左右的事。这期间，海老家医生不可能花了四个半小时才走回家吧？”

“我一直都在走路。”

海老家挺胸，语气坚定。

“哼！我只是没走那条直接回到家的路。说我是笨蛋也好，疯子也罢，我想呼吸新鲜空气，重整情绪，但走在根本不熟的密林小路，手才会受伤。哼！这里根本是个狗窝，可笑至极！”

“所以路上没遇到任何人，也没去拜访任何人？”

“哼！这村子有谁值得我拜访啊！笑死人了。”

“千草小姐昨晚九点半左右遇害。”

木兵卫冷冷地抛出这句话。只见海老家顿时情绪沸腾，紧握拳头，瞪大眼，狠狠斜睨着木兵卫，一派怒不可遏的样子。

“猎犬”警官看向彩华夫人，说：

“夫人昨晚可真是饱受灾难呢！你的伤还好吧？”

彩华夫人微笑，回答道：“谢谢关心。只是稍微擦伤的左膝还有点疼痛。”

“听说夫人逃进房间，土居先生追上去，又踢又打房门，一直闹到十二点左右，是吧？”

光一神态自若，毫无惧色地看着警官，说：

“我已经记不得了！搞不好醉到把警官先生看成老虎也说不定呢！人只要一喝醉就什么也不记得，昨晚的事搞不好其他人比我更清楚。”

警官点点头。

“只要一凑近，他就揪着别人不放吗？一马先生。”

“我那时不是故意凑近，只是要回房间，结果被他一把揪住领子，猛力推倒，还被踹了好几脚，好不容易才趁隙脱逃，逃回房间。不只我，连巨势先生也遭殃了呢！”

“因为我的房间也在附近。我从门缝偷窥，瞧见他一副张牙舞爪的模样，大声咆哮，简直发了狂似的，大概闹了一个钟头吧。”

神山东洋也附和：“没错，他一直在门口闹到十一点，目光炯炯，还发出雷鸣怒吼，那股狠劲真是可怕啊！就这样一直闹到十一点左右，他才肯靠着房门坐在地上，一会儿唱歌，一会儿不知在自言自语什么。平常不怎么爱看书的我，昨晚根本睡不着，索性看起书来；约莫凌晨十二点十八分左右，才渐渐没听到土居先生的咆哮声，我开门窥看，只见土居大画家整个人躺睡在地上。”

警官点点头。

“神山先生果然专业，时间都记得清清楚楚，多亏有你的说明，整个经过情形才能厘清。彩华夫人的房间位置能将走廊各处看得一清二楚，所以靠在那门上可以清楚地知道大家进出走廊的情形。土居先生，你有看到谁出来，和谁讲话吗？”

光一露出有点难为情的表情，说：

“这个嘛，也许敝人我曾对昨晚出入的人咆哮、追打也说不定，可是我真的记不得了。不过我瘫坐地上时，大家应该已经睡了吧。没看到有谁进出啊……等等！”

他思索片刻，还是想不起来的样子。

“土居先生自己没有离开那儿一步吗？”

光一搔搔头，说：“我应该有去小解一下吧。真的想不起来了。”

“不对！你绝对没有离开过。”神山东洋斩钉截铁地反驳，“为何我敢这么肯定呢？因为他站在原地不停怒吼，连一秒也没停过。我想夫人应该比谁都听得清楚才是，夫人应该不是那种躺在老虎旁边还能熟睡的人吧？”

彩华夫人神情认真地回应：“嗯，我记得。他一直站在我房门前大吼，直到十二点多。自从这只老虎出现后，我都会去我先生那边睡，只有昨晚躲回了自己房间；为什么呢？因为我习惯将房门反锁，所以千钧一发时，门能瞬间锁上，拜我平常懒散所赐吧。”

神山开口问道：“凶手有没有可能是从窗户入侵的？”

“何以见得？”

“因为土居大画家一直赖在那里胡闹，加上土居先生说他已经记不得什么了，所以凶手算准他喝得烂醉，什么也不记得时，从容行凶。”

“也许如您所说吧！”

“猎犬”警官毕竟经验丰富，完全没让我们识破搜查方面有任何纰漏。但巨势博士说，并未发现任何入侵迹象，至少不可能从窗户进来。

先不论凶手是从窗户还是门潜入，基本上没有任何破绽，也毫无线索可言。毕竟越是耍弄小伎俩，越会留下痕迹，若不像我写的小说如此难以理解的话，就没有业余侦探大显身手的机会。

侦讯告一段落后，“猎犬”警官随即切入正题。

“如各位所知，一间房子在三天内发生四起命案，这在日本是空前之事。对于住在这栋宅邸的各位来说，已经无关平素生活是否简单朴实，每个人都无法排除嫌疑，我想这一说法在法治国家是很合理的。我有一个不情之请，还望各位协助；警方将搜查各位的房间与随身物品，谨向各位文化人士致上敬意，原谅负责侦办此案的敝人心直口快，依内海先生大量出血的情形分析，凶手衣物上应该沾有血迹。当然，凶手可能已将血衣藏匿或清洗之类，所以搜查各位的房间与物品一事，绝对没有强制执行之意，希望但凭各位的公正良心，协助破案，也欢迎向我们提出各种有力的线索。”

虽然在场的女士们对于私人物品要被搜查一事，起了一点骚动，但最后拒绝的人只有海老家医生。

无奈还是没有任何惊人的突破，只有彩华夫人的一件衣服上沾有血迹，但那是光一对她暴力相向时，被扯破的衣服，所以衣服上是彩华夫人的血，而且内海是 B 型，彩华夫人是 O 型，毫无可疑之处。看来，能扭转窘境的关键线索尚未出现。

十二、驼子诗人为何惨遭毒手

连续三晚发生骇人命案，就连我们这种堂堂男子汉也不免心惊，光是房门上锁还不够，还得用绳子系着床脚，着实煞费周章，令人多少有点神经衰弱；睡在和室的光一恐怕更惨，因为房门根本无法上锁，被迫作息颠倒，白天蒙头大睡。

我和巨势博士针对火葬场走到后门的时间，准备进行一场实验，也就是手持秒表，对于连续五日往返同一条路进行测试。某天，我们正在进行测试时：

“以一般速度的话，大概花个四十分钟到四十五分钟吧。

你看这里，居然有条小径。”

沿着火葬场到后门约莫一半路途的河谷处，有条宽约一英尺的小径直通谷底。这条不太醒目的路，直通到谷底后，跳过一个个石头，渡过河川，往前就看不清路了。就这样一直蜿蜒至密林深处。

巨势博士拨开杂草，沿着小径往前走，跟在后头的我不由得屏息凝视前方。下方是三轮神社，原来我们已经来到三轮神社附近，我不禁惊叫：

“原来如此，我明白了。凶手先绕到这条路杀害千草小姐，然后在原地待了一会儿，让走另一条路的内海先回去。不、不对，也许凶手装作巧遇内海，随便应付一下，因为生怕暴露形迹，才杀了内海。”

“若真是如此，为何不在这里杀害内海先生，不是比较安全吗？”

巨势博士笑了笑。

“我是不知道凶手有没有走这条小路啦！不过既然有这条路存在，很难不怀疑是三宅先生或丹后先生下的手，看来事情颇为棘手呢！”

照一般正常步伐，由火葬场走到后门，大概要花上四十分到四十五分钟；因为坐大八车会快一点，或许只花了三十分钟也说不定。依内海的状况，往返三轮神社恐怕至少得花上三十分钟；光一是于六点五十分至七点之间到家，隔了五分钟到十分钟后，内海也到家，这样看来几乎没什么时间幽会，况且千草小姐那时已遭到毒手。内海可能因为迟迟未见千草小姐赴约，以为对方不来了便返回，倘若两人有碰面的话，应该更晚到家才是，至少也会结伴回来。

“真的有诸井护士说的那张字条吗？”

“是有找过，但是查过千草小姐身上的东西，并未发现。”

我对诸井这女人实在没什么好感。自大骄傲的她总是装得一副很理性冷静的样子，什么彩华夫人受人之托，将字条转交给千草小姐，我觉得这不是千草小姐自导自演，就是诸井护士的诡计。

放在珠绪小姐枕边的杯子与水瓶被掺入吗啡，这东西原本是海老冢医院所有，后来多门老爷染上毒瘾，宅邸才藏有吗啡。某天，巨势博士和我受邀至多门老爷的书斋，当我们谈论此事时，诸井护士正在帮多门老爷注射营养针，我故意语带讽刺地说：“诸井小姐是千草小姐和珠绪小姐生前最后见到的人，加上珠绪小姐枕边的水瓶被掺入吗啡；按近代推理小说惯有的风格来说，虽然也有护士偷偷放入吗啡的情节，但手法没这么拙劣就是了。换个角度想，最危险的地方往往是最安全的。依此论点，不就说明凶手刻意要弄诡计的理由吗？诸井小姐聪明过人，恕在下失礼，像你这种谜一样女人，很难叫我们这些无聊文士不多方猜疑。”

虽然这番说辞极为失礼，但近来宅邸里的招呼用语已经换成“你该不会是凶手吧?”这般开门见山的说辞。

诸井护士看着我，回应：“矢代先生离开火葬场后，也是一个人回来的不是吗?”

“你说得没错。对了，诸井小姐体格算是健壮的呢！恕我失礼，搞不好还有杀害男人的臂力呢!”

巨势博士微笑着说：“王仁先生的命案现场留了一个鞋子上头的铃铛，珠绪小姐一案则留有吗啡，碰巧都有遗留的东西，所以千草小姐与内海先生陈尸的现场应该也有留下什么东西才是。”

多门老爷开口：“原来如此，有意思。这可是一大着眼点呢!”

“没有啦！别这么说。”巨势博士有点害羞。

“着眼点越是巧妙，真相就越是不容易被蒙蔽，只要自己有信心，就有可能是真理。矢代先生，文学不也是如此?”

“这是就政治观点而言吧。不过巨势先生，这可是个极为缜密的犯罪计划。我对于内海先生惨遭杀害一事，总有些疑问：凶手是否必须趁土居先生发狂之际，杀了内海先生不可呢？总觉得这是个疑点。也或许有个非得在那天动手不可的理由，一旦解开这个谜，便能厘清一些头绪。"

"你觉得会是什么样的谜？"

多门老爷并未回应。于是，我说："可能是因为内海见到凶手吧。但他还不晓得千草小姐惨遭杀害，也就不至于怀疑某个人是凶手，所以凶手那天晚上得想办法除去内海才行。"

"对凶手而言，可真是危急存亡之秋，像渡危桥般惊险呢！"

此时，巨势博士突然冒出一句玄妙之词："也许反而最安全也说不定。"

"为何？"只见巨势博士微笑地说，"要是光一先生待在楼下的和室，要杀内海先生就有点麻烦了。"

多门老爷目光一闪，看着博士，并未多说什么。

十三、圣女竟然也是个说谎高手

相安无事地过了一周。七月二十六日，午睡一醒来，加代子小姐来我们房间找京子。

这天是一马的生日，主屋厨房已经备好红豆饭，别墅厨房却忙着准备晚餐，加代子小姐难得出席晚餐，今天终于成为座上客。

加代子小姐真是个圣女。相较之下，彩华夫人就像一朵缤纷多彩的鲜花，天真得像个少女，一点也看不出是已婚妇女；这股魔力容易招来同性羡妒，也对男人有着致命的吸引力。

因为一马的关系，加代子的存在显得格外特殊；因为凡事只要一扯上彩华夫人，加代子打从心底的反感便会让她变得格外敏感尖锐。嗅得到这般氛围的我深感不舒服。

激烈的憎恶与嫉妒，虽让自己难受，却能引起他人的注意；就连加代子这般清纯玉女，也会让身旁的人感受到她的痛苦；宛如妒意横生的美丽女鬼，让人有一种“原来世上也有这种人”的喟叹。或许因为体弱多病之故，加代子小姐散发着一股神秘的气息，给人一种宛若先知的感觉。

因为王仁的床下遗落了一个彩华夫人鞋子上的铃铛，彩华夫人难以摆脱嫌疑，甚至让人认定他们有暧昧关系；我们虽然认为并非如此，但听到这些闲言闲语，还是不免神经紧绷。

“加代子小姐，你这么说不太对吧？王仁命案发生时，只有彩华夫人有不在场的证明，那时她睡在一马床上，况且一马伏案写作直到凌晨。”

“那是哥哥为了袒护嫂子才这么说的，他完全被嫂子骗了。”

一下子就成了这番局面。话锋一转到彩华夫人身上，气氛更僵了。

就在我们争辩得如火如荼时，一马和彩华夫人碰巧来访。

“哎呀！加代子小姐，真是难得啊！”彩华夫人睁大双眼，像飞扬的花粉般雀跃。

“真期待今天的晚餐呢！加代子小姐就像散发香气的高山植物般，静静地俯视一切，像一朵花似的环视众人。”

料想加代子小姐肯定不甘示弱，准备反讽这番恭维之词，还会摆出一副不耐烦的模样。可没想到恰恰相反，只见她笑嘻嘻地说：

“嫂子就像花束般芳香馥郁呢！”

仿佛真的打从心底盛赞彩华夫人般，出神地说着。

我顿时目瞪口呆。女人这玩意儿，就算是无瑕的清纯玉女，也可能是说谎高手、外交家或是交际花。纵然如此，我还是觉得加代子小姐很特别。

之所以这么想，可能是因为加代子小姐总是孤单一人，也不想和其他人往来，称得上朋友的只有京子，有时她们会结伴出去走走。只有我了解不善交际的加代子她那心底深处的思绪；虽然只要深入了解，就会晓得大部分女人皆如此，但或许我们男人根本没什么机会去探究她们的内心世界。

令人意外的是，一马丝毫没有窘迫或不知所措，显得十分沉稳。

“加代子，你身体还好吧？前几天不是还有点发烧吗？因为最近接连出事，没时间去看你，听说最近都不肯服用海老冢医生开的药，这样不行，你太神经质啦！还是要乖乖地吃药哟！”

加代子一脸落寞地看着一马。

“我知道，但总觉得自己来日无多。”

“你就是这样，怎么可以这么想呢？京子，你说对不对？”

“就是啊！怎么可以这么悲观呢！只要抱持希望，身体一定会好起来的。”这说法未免武断，倘若病痛真能如此轻易痊愈就好了。就算说得再轻松，也无法消除病人所受的苦。

一马看向我，说：“说到海老冢医生，最近可真是叫人伤脑筋啊！方才有位自称什么《论语》研究会的奥田利根吉郎先生，拿着海老冢医生的介绍信来，说什么想对我的客人们讲述一下《论语》思想，还问我什么时候方便。碰巧‘狗鼻子’荒广介刑警来巡视，才帮忙赶走他。说什么有海老冢医生的介绍信，是医生特地请他来为大家演讲，还说什么姓奥田的有天才也有圣人，尽说些莫名其妙的话，真是个怪家伙。”

“讲述《论语》的先生不是应该很正派吗？”

“通常，这种疯狂的信徒因为信得太深，成了狂人。”

“就让他来讲一席看看，或许颇有意思呢！这人挺像丹后小说里出现的有趣人物，喜欢给人来个奉承或奚落；就像人见小六最近的作品，都是描述战后怪人、奇人和狂人之类的角色，也许战争就是属于这种狂人的时代吧。”

“真是可笑！那位‘论语先生’就像跳水捞月的青蛙，令人啼笑皆非。有位叫坂口安吾的作家，他的小说可笑与讽刺的程度，简直和那位‘论语先生’如出一辙。对了，‘狗鼻子’刑警好像找我们有事。”

我们留下加代子小姐和京子，离开房间。“狗鼻子”正在一马的房间等着，彩华夫人则去厨房帮忙料理晚餐。

“狗鼻子”和“鬼点子”女警在一起。

“劳烦您跑一趟，不好意思。”虽然“狗鼻子”看起来一派粗人样，却颇有礼貌，还向我点头致意。

“今天是想请教关于文坛的事，望月王仁先生似乎树敌颇多呢！”

“什么样的敌人？”

“就是文学方面的敌手啊！望月先生走了，有谁会特别高兴吗？”

“我想大家多少都会吧。作家之间那种矛盾关系令人生厌，毕竟都是些无理粗鲁的家伙嘛！我就很高兴啊！”

“每个搞文学的嫉妒心应该都很强吧。”“鬼点子”女警似乎逮着了时机，冷不防插话。

“我看你根本就是缺乏自信，只有缺乏才华的人才会嫉妒别人，真是无聊！”

“没错，缺乏灵感，陷入不幸的窘境。总之就是脑筋欠佳啦！”

“望月先生走了，你的小说就有销路啦！”

“您说的是。”

“对了，矢代先生，就文坛来说，有可能因为嫉妒对方才能起杀意吗？”

“我想不无可能吧。在各种假设中，这点算是可能性最高的，搞不好古今中外，因这念头而犯下的杀人罪行不在少数。问题是，杀人无法增进自我才能，文人嫉妒的不是名声，而是才华；但不可能因为杀人，才华有所精进，搞不好很少有这类的杀人事件。”

“原来如此，搞不好真是这样。因为嫉妒别人才华而杀人，但这种案子的确极少听闻；原来如此，反正杀人也不能改变什么。对了，想请教个不太礼貌的问题，各位被卷入这次事件，而且不止一件，还是连续三天内有四位亲朋好友惨遭杀害，就算是再迟钝的家伙，心里多少也会猜疑、联想到什么才是，这是我的推测啦！”

“你的意思是说，无论是谁，多少都有点探案的本能，是吧？”

“倒也不是这意思，只能说是出于人类的本能。在下还有个不情之请，希望两位能帮忙想个办法，当然是以不妨碍个人隐私为前提，譬如以半消遣的方式，玩个抓犯人的游戏之类。毕竟我这个人处世不够圆融，难以胜任，想请矢代先生帮个忙，不知意下如何？以半开玩笑、轻松一点的方式就行了。”

“我觉得这主意很无聊，说穿了就是要大家当个业余侦探，装模作样地做各种猜测罢了。我看恐怕不会得到任何结论吧。不说别人，我自己就不可能配合，况且只是猜测而已，没有任何具体证据。”

“就算是这样也无所谓，不知道就说不知道也没关系，或许有人说不上什么明确的理由，就是觉得某人很可疑。我只是想听听每个人心中有什么秘密与疑惑。”

“容我婉拒担负如此重责，请你自己一肩挑起吧。处世不够圆融表示你为人够正直，何况这方法根本不必担什么责，只是差遣别人当走狗罢了。建议不妨请‘鬼点子’女警当司仪，肯定更有趣。”

“您还真是大言不惭呢！什么品德好坏的，那你自己又如何？还不是抢了人家歌川先生的姨太太，还满不在乎地带她一起来，挺有胆识嘛！莫非吃了熊心豹子胆？若你自认品行够良善，那警察所做之事不就等同神明行使神差吗？劝你最好称称自己几两重。”

还真是说得理直气壮。

不过，这个半消遣的抓犯人游戏倒是越闹越大，难以遏止。

十四、圣女的最后晚餐

晚餐还没开始，大家先聚集在客厅，喜欢小酌两杯的人正在品尝威士忌时，海老冢带了个年约三十来岁、顶着大光头的高个子男人走进来。男人颧骨突出，面色惨白，一副营养不良状。这时，房里的鸽子时钟恰巧报时，七点整。

海老冢医生装模作样地说："向各位介绍一下，这位是奥田利根吉郎先生。与其说他是位《论语》研究家，不如说他是最认真、最真诚的修行者、苦行僧，也是一位圣人。"

面色惨白的圣人颤抖着身子，露出像要赴死的表情看着我们。

“人活着并非只是为了求得温饱。”

“喂！《论语》里应该没这句话吧？突然冒出个怪家伙，还说些莫名其妙的话，把人家当猴耍啊？就算再瘦再枯槁，艺术家也是活生生的人啊！岂能让人随意耍弄，你这讨厌的猴子还不给我滚！连当下酒菜都不配。”

光一勃然大怒，青筋暴突，斜睨着他。

人见小六接着说：“真是搞得大家不愉快。喂！我说海老家，你每次出现只会把气氛搞砸而已，况且未经大家同意就带个陌生人来，到底什么意思啊？别忘了，我们可不是受你之邀来做客的。居然拿《论语》来信口开河？基本上，这位‘论语先生’没头没脑地出现，就是对《论语》的一大讽刺。”

一马也很生气。

“海老家医生，这里的主人是我，我并未允许那位先生进来，请立刻带他离开，还有我们也不欢迎你。”

可能是被一马强硬的语气震慑，只见海老家双唇颤抖，半晌吐不出话来。果不其然，擅长讥讽别人的丹后以沉稳的声音说：“‘论语圣人’的说法，只有在东京才听得到吧！也不须拘泥于什么礼仪常识。或许这位你们口中不懂礼仪的‘圣人’有其伟大之处也说不定呢！一味穷究真理却无礼地撵走客人，这和戏了喜欢摆架了的心态有何两样?”

“你这家伙别太过分！尽说些莫名其妙、自己才听得懂的话，还自以为了不起。无怪乎你的文学永远只是虚伪之作，你和王仁根本就是天壤之别，无法相提并论。”

光一突然站起来，伸手搭住“圣人”的肩，将其向后转。

“好了，走吧！你已经犯了入侵民宅罪。放心，我们不会报警的，你赶快消失吧！走吧!”

这位“圣人”以前曾因体力不支，被王仁搭救送往海老冢医院，面对这些大肆评论王仁的豪杰，他的脸色益发苍白，说不出话来，只能摇摇晃晃地被推到饭厅门外，海老冢见状立刻追上去，两人就这样一起离开。

众人开始用晚餐。

“真是拿那个怪医生没办法，还让丹后这个假艺术家留下了不愉快的回忆。真是自以为是，令人作呕，你说是吧？加代子小姐，这名字真好听呢！你是不是也心有所感呢？比起丹后那种伪君子，真情率性的人更有内涵。加代子小姐，我有这荣幸能坐在你身旁吗？放心，我和你一样，都是真诚有内涵之人，绝对不会对你死缠烂打的，我有荣幸了解你那映着各种事物、沉静深邃的心吗?”

光一力邀加代子坐他旁边，幸好京子的位置离加代子有些远。不知为何，加代子似乎对光一颇有好感，虽然他那颠三倒四的说话方式让我们不敢恭维，不过对年轻女孩而言，这样的男人或许有什么吸引力也说不定。

晚餐照例是由神山太太木曾乃与女佣八重负责准备。当大伙用餐到一半时，海老冢绕过主屋从客厅进入饭厅，但因为没留他的位子，于是木曾乃太太赶紧说："有准备医生的份，马上帮您准备位子。"

她从角落拉了一张椅子过来时，一马抬起头，脸色异于平常。

"海老冢医生，相信你很清楚自己和在座的每个人都不合，却还坚持出席，也许你自己无所谓，可是你的出现只会让其他人心生不快，麻烦你现在就离开，请到主屋那边用餐。"

"哎呀哎呀，看来非得搞成这样不可了。虽然我也是个怪家伙，却是个为了警官禁足令，就算不喜欢还是得忍耐的伪君子。"光一捶胸说。

"相较于加代子小姐的美丽、沉静，彩华不过是个披着孔雀羽毛的女人罢了。恕我无礼，就算和当红女作家宇津木秋子相比，无论是纯净的心灵、优雅的举止、悲剧般深邃的灵魂，圣女加代子小姐都略胜一筹。不好意思，胆敢触怒美女诗人，赞美加代子小姐的我，这颗纯情之心也堪称一绝喽！"

“是啊！我们都很认同光一先生的纯情。”

宇津木小姐红着脸，眼神甚是娇媚地说：

“若是加代子小姐，无论任何赞美用在她身上都很贴切；不像我，根本不配称为女人。”

“别这么说，秋子小姐。我从以前就觉得你拥有公正宽大的心胸，千万别小看自己啊！你宅心仁厚，会成为宛如女王级别的女诗人的。”

“要是内海先生还活着就好了，至少能够说一句驳倒光一先生的话。真是个讨人厌的家伙！”

“我想内海先生一定会说：‘真是个人厌的家伙啊！’或是‘身为人不该说这种话’之类的吧。”人见小六奚落秋子小姐一番。

“哼！说穿了还不是渴求肉欲。”

木兵卫不屑地别过脸去，如此讽刺秋子。

“我最看不起那种轻蔑老婆有肉欲需求的男人。”光一假装正经地说。

这时，彩华夫人突然起身向邻座的京子不晓得耳语了什么，两人随即一起走出饭厅。

过了几分钟后，两人回来，京子对我说：“我和彩华夫人去了一趟洗手间，因为她一个人不敢去，问我能不能陪她。对了，她说好像瞥见庭院里有人影闪过，总觉得心里毛毛的，拜托你去看一下。”

彩华夫人也向一马拜托，所以一马也起身。于是，我们偕同巨势博士，由彩华夫人带路，走过连接主屋与别墅的走廊，朝洗手间方向走。位于别墅一楼的洗手间就在内海惨遭杀害的凶房旁，女士们当然避之唯恐不及。忽然瞥见走廊外，也就是主屋大厅那里有人影闪过；我们出声一问，原来是“书呆子”刑警。

“哎哟！原来是刑警先生啊！”

“是啊！我随处晃晃，巡逻一下。”

“每天都要巡守吗？”一马问道。

“是啊！你们睡着了，我们还是得巡逻。”

“所以刚才隐身在庭院树丛里的也是刑警先生喽！那庭院瀑布上方是谁负责巡守？”

“这个嘛，我没特别过去打招呼，大概是‘狗鼻子’吧。不对，‘狗鼻子’应该还有其他任务，所以由我一个人负责巡守。”

彩华夫人似乎松了口气。我和一马上完洗手间后，我先回去。可能是受到我们的影响吧，木兵卫和神山东洋也起身上完洗手间，回到饭厅。这时，女佣开始端上餐后咖啡。

当八重将咖啡端到光一面前时，光一捧起杯子，边把玩边埋怨说："可恶！为何我得用这个破杯子？"还斜睨八重一眼。

"还不是因为您大发脾气，打破好几个杯子，这就叫自作自受。"八重似乎不太喜欢光一。

"咦？加代子小姐用这个比较好吧。你的那个缺口更大呢！"

因为光一前天大吵大闹，还掀翻桌子，弄坏了一打咖啡杯。因为今晚加代子也出席用餐，所以她也只能用有缺口的杯子；毕竟她的生母是女佣，身份自然无法与受邀的宾客相比。八重将光一常用的杯子端到他面前，不过加代子手上那个杯子的缺口看起来比光一的还大。

"加代子小姐，这个给你好了，至少缺口比较小。"光一将两人的杯子对调。

加代子搅拌一下咖啡，啜了一两口，神色突然有异，想将杯子搁在桌子上，杯子却突然掉落；只见她倏地站起，睁大双眼，紧抓着胸口，随即趴倒在餐桌上。光一显然被眼前情景吓傻，想要抱起加代子小姐时，她却从光一怀中滑落，倒在地上。光一抱着加代子，抬起惊恐万分的脸。

"喂！快叫医生啊！还慢吞吞地在干什么啊?！快叫医生！听不懂吗？可恶！你们这群笨蛋发什么愣啊！快叫医生，快啊！全是一群笨蛋！”

京子和一马赶紧跑上前察看加代子的状况，海老家医生也意外地立刻现身，测了一下脉搏后，摇摇头站起来。

这时，光一像一座错乱的破钟，大吼：

“不许动！全都不许离开，也不准碰桌上的东西！加代子小姐被毒杀，成了我的替死鬼。可恶！居然想毒死我？给我看清楚！死的可是加代子小姐啊！全都给我坐回去！坐回原来的位子！”

光一狂暴的双眼燃着熊熊怒火，瞪着彩华夫人，情绪由愤怒转为亢奋，双肩激烈颤抖，不停喘息。

这时，下枝小姐一脸疑惑地开门问：

“海老家医生在吗？”

海老家抬起头，讶异地回头。神山东洋大声回应：

“在啊！”

“可以请您马上过来一趟吗？老爷好像不太对劲。”她边说边瞧了一眼倒在一旁的加代子小姐，有些失神。

神山东洋的吼声犹如丧钟，毛骨悚然地回响着。

“八点十四分。”

【附记】

住在伊东的尾崎士郎先生来访，对我说："坂口安吾先生的推理小说，凶手往往都是'我'这个第一人称，对吧？"因为坂口安吾小说中的"我"都是坏人，所以凶手就是"我"。不会吧！喂！给我拿酒来！

住在三鹰的太宰治先生告诉杂志记者："凶手还没现身啊！肯定在最后一回才会出现。反正一副若无其事出现的家伙就是啦！若无其事在最后一回露脸的家伙就对了。"老板娘，啤酒！麻烦给我啤酒！

这两位侦探缺乏让作者接受挑战书的素质。我一听就知道，不再赘述。

最有勇无谋的要算是九州的"猪鼻子"先生，他还特地上京找我，说："听好喽！坂口先生，我现在要直接讲出凶手是谁，就不写了。你会听我说吧？我可以说吗？"

还夸张地预告一番，结果不知所云。有些人明明拟好梗概，却偷偷地朝不同方向推展。哎呀！这不是"Y的惨剧"的手法吗？称他像是"鬼点子"女警也好，"猪鼻子"先生也罢，九州人的个性多少有些毛躁轻率。

住在埼玉县久喜的另一位"猪鼻子"先生（与九州的"猪鼻子"先生合起来就成了"狗鼻子"）还真是夫唱妇随，

有个温馨美满的家庭，又爱好和平的他，老是批评我喜欢在书里将女人剥光，真是难登大雅之堂的推理小说。“坂口先生，你是不是哪里不对劲啊?”还如此反问我，所以我说“狗鼻子”就算成了蚂蚁鼻子也没用。

这个月收到的挑战书中，找不着什么有水平的人，也许天下根本没有这种人，看来我太高估日本人了。因为写推理小说而对祖国大众的智识深感绝望，可真是令人惋惜又意外。

坂口安吾

十五、糖罐与光一的戏法

加代子小姐的尸体运走后，我们和坪田夫妇、女佣八重等人全待在客厅里，因为饭厅与厨房被封锁了。

勘查结束后，“猎犬”警官一行人带着下枝小姐与诸井护士来到客厅，约莫九点半多，他们先调查饭厅与厨房后，才开始侦讯。

“晚上又来叨扰各位，但这也是没办法的事。我们对自己的无能感到非常惭愧，对手简直就是恶魔中的天才。”

“猎犬”警官不知为何，显得有点兴奋，失去了平时的冷静，一副充满斗志、绝不服输的模样。

“凶手今晚竟然在不同的地方，同时杀掉两个人。”

“两个人？”宇津木秋子不由得惊叫。“猎犬”警官点点头，说：

“是的，两个人，歌川多门与加代子小姐，而且行凶手法如出一辙，也就是两人的食物都被掺入毒药，加代子小姐的是氰酸钾，歌川多门则是死于吗啡过量。”

真令人惊愕。多门老爷不是因为咖啡，而是吃下被混入吗啡的布丁才惨遭不测。

坪田夫妇方才接受侦讯时表示，多门老爷不吃猪肉，只吃鱼肉等口味较清淡的食物；一如往常，和我们的菜式不太一样，今晚吃的是盐烤鲇鱼、生鲤鱼片、清汤、凉拌豆腐与腌渍物等菜肴。

多门老爷晚餐后吃了个布丁，本来习惯午餐后吃个果冻，但今年春天以来，彩华夫人都会亲自做布丁。因为吗啡是掺入布丁中熬煮的，所以不是有人在成品上撒东西。

“还真是难以想象呢！我在做布丁时，根本不觉得有异啊！也不记得自己离开过厨房，更没发生什么不寻常的事。”

“布丁是什么时候做的呢？”

“记得是四点左右吧。因为刑警先生想和矢代先生见面，所以还在那里巧遇了加代子小姐，之后我就去厨房，将稍早做好的布丁放进冰箱。”

“夫人，莫非问题出在砂糖?”

坪田太太插了一句话。只见彩华夫人睁大眼睛，看向坪田太太，瞬间两颊泛红，两眼发亮。

“砂糖有什么问题吗?”

“猎犬”警官问。坪田太太回答道：

“老爷身体不是很好，所以不习惯食用砂糖，都是以甜菜糖替代。因为只有老爷要吃的东西才会用到甜菜糖，所以用另一个糖罐装着。”

警方立即针对饭厅里的砂糖、酱油等进行严密调查，最后在多门老爷专用的糖罐里发现掺入了大量吗啡。

是那种普通的玻璃糖罐，里面还剩一半，一直到今天为止，烹饪上都没有发生任何问题。

“除了做布丁要用到砂糖，其他料理也会用到吗?”

“除了晚餐菜肴，其他场合并未用到。”

坪田面色惨白，战战兢兢地回答道。

“做布丁前，何时用过这糖呢?”

“午餐后的红茶。因为午餐是三明治，所以搭配两大杯牛奶、红茶，加入砂糖一起熬煮。”

“用量颇多呢!”

“嗯,是的。我想用于布丁的量最多吧!”

“歌川先生全喝光了吗?”

坪田一时之间答不上来,下枝小姐赶紧接着说: “全喝了。”

“那是你负责的工作吗?”

“是的。”

“没有其他异常情况吗?”

“没有。”

“什么时候开始准备红茶?”

“老爷一般都是十二点半用午膳,晚餐则是约莫八点半,都是下枝小姐于用餐前十分钟端去给他,记得那时是离十二点半还差十分钟左右。”

“猎犬”警官点点头。

“从十二点二十分起的四小时内,有谁拿过那个糖罐吗?”

坪田吞吞吐吐地说:“我没有特别注意。”

“你不可能一直待在饭厅吧?”

“嗯,下午回房间小寐到三点左右,不过我知道内人在厨房里一直待到一点半就是了。”

“这之间有看到谁进出过厨房吗?”

“大家用完午膳后，都回房午睡，一直到三点左右，都没看到任何人进过厨房；然后三点多我去厨房准备晚餐时，陆续看到夫人、宇津木小姐、矢代太太、丹后先生、神山太太等人进出，不过没看到任何人碰那糖罐。”

“也就是说从一点半到三点这段时间，厨房没半个人喽！”

“应该是，不过两点左右有人送香鱼来，记得是诸井小姐签收的。”

“然后转交给你吗？”

“没有，我口头交代她放进冰箱，从门外看到送货的走了。这里的仆役有饭后午睡的习惯，所以请各位别在这段时间差遣我们。”

“猎犬”警官饶有兴味地直盯着诸井护士，问道：

“最近都不必去医院那边吗？”

“早上八点到十一点半会过去。因为千草小姐出事，由良婆婆病情恶化，所以老爷要我多注意她。”

诸井护士态度依旧沉着稳重。一般男人面对大人物时，多少会觉得不太自在，但诸井护士就算面对大公爵也好，“猎犬”警官也罢，还是一派从容，面无表情地回应。

“签收香鱼也是你的工作吗？”

“那时这家里没休息的仆役只有我而已。”

“那时厨房里没人吗?”

“不，有人。”

众人不禁紧张起来。“猎犬”警官深吸一口气，问：

“是谁?”

“加代子小姐。”

众人顿时骚动。“猎犬”警官以严厉的口吻说：

“诸井小姐，我看你是故意拿死人当挡箭牌吧!”

诸井护士冷冷地点头，回道：“也许吧。但如果因此怀疑我的话，可真是愚蠢。”

“加代子小姐当时在做什么?”

“她说她来喝水。我将香鱼放进冰箱时，她就离开了。后来我走出厨房，就看到她坐在客厅椅子上看书。她说本来想去找矢代夫人，可是夫人在午睡。”

“我也有看到加代子小姐在客厅，大概两点四十分吧。她的确是在看书。”胡蝶小姐插话道。

已经快十一点了，“猎犬”警官显得颇为焦躁。

“神山先生，请以你的专业与敏锐的观察力，说明一下晚餐情形。”

“这样啊，那我就代表大家发言喽!”果然训练有素。方才还只是在旁倾听，一经指名，立即换了一副志得意满的样子。

看得出来，“猎犬”警官有些疲累，只见神山略显得意似的深吸口气，说：

“开饭前大家都聚在客厅喝啤酒、红酒之类的，直到晚餐准备好，那时鸽子钟恰巧报时七点整。为了慎重起见，还是提一下，这鸽子钟好像慢了四分钟。七点报时，海老冢医生突然带了个面色苍白、身穿军服、名叫奥田的高个子男人走进来。海老冢医生为大家介绍他是什么‘《论语》研究会’的，于是那位‘圣者’没头没脑地说了句：‘人不是为了面包活的。’只见土居大画家斜睨了‘圣者’一眼，骂他：‘混蛋！孔老夫子有说过这种话吗？居然敢在一群作家面前说什么中西合璧的荒谬言辞，真是个怪家伙！’人见小六也对他不礼貌的行为十分愤怒，只有丹后先生好像挺认同他似的；结果一马先生毫不客气地下逐客令，于是土居大画家就将他转了个身，从饭厅推了出去，海老冢也追了上去。那时，令我比较在意的是……海老冢医生，你好像没穿鞋就从主屋跑过来，是赤脚跑过来吗？”

海老冢医生只是不停地转着眼珠，没有搭腔。“这只是前奏，接着才要进入正题。”光一打断神山的说明。

“接下来由我说明吧。大伙快用完餐时，彩华夫人向京子夫人耳语一番，两人起身步出饭厅，不久后便回来，不知向矢代、一马和巨势说了什么，五个人一起离开饭厅。后来，大家就三三两两地进出，女佣端来餐后咖啡。警官先生，你听我说，我的杯子特别醒目，杯口还破损的呢！没错，打破一打咖啡杯的人是我，但倒也不是什么大不了的事啦！总之，因为是我打破的，所以有缺口的杯子当然给我用，说这种话的就是在场的某个女佣。你们听我说，这分明是个诡计嘛！又有多少人参与其中呢？我想不用说，各位应该心知肚明才是。照原定计划，在我的杯子里加入氰酸钾，碰巧加代子小姐的杯子也有破损，而且破得比我还夸张，我好意换过来，才会酿成这起悲剧；要是我喝到那杯加了氰酸钾的咖啡，一定马上有所警觉，立刻吐出来，反正我的命硬得很。我想，刑警先生只要调查用完餐进出饭厅的家伙，就能逮到真凶。”

“你为何要和加代子小姐换杯子？”

“猎犬”警官挺感兴趣地问。

“这还用问嘛！为妇女同胞效犬马之劳可是我的座右铭。”

“骗人！根本就是你将氰酸钾加进杯子，然后故意和加代子对调。”

彩华夫人斜睨着光一，愤怒得全身颤抖；光一不予理会，此举惹得彩华夫人怒火中烧。

“这个人擅长魔术，一定是他将毒药加入杯子里，要弄这种骗小孩的诡计。他可是玩纸牌、掷骰子的游戏高手，尤其擅长用手指变魔术。”

光一坐的沙发旁正好放了个棋盘，他像是要故意嘲弄彩华夫人似的，用指尖夹起棋子，伸直手臂；只见夹在指尖的棋子神出鬼没，棋子与人仿佛合二为一，像生物似的变换自如。光一一边耍戏法，一边悠悠地说：

“各位看好喽！接下来是名为黑白梦幻恋之卷的戏法。”

除了黑棋子外，指尖又瞬间夹了一颗白棋子，神出鬼没的技法令人叹为观止。光一一派轻松地瞅着彩华夫人，说：

“我可不是什么杀人狂哟！要杀人也该有个动机吧？我没理由杀死加代子小姐啊！还是先找出杀人动机吧！”

“猎犬”警官似乎按捺不住亢奋的情绪，但还是故作镇定，点起一根烟，环视众人，然后缓缓地看向彩华夫人。

“夫人和矢代夫人为何要一起离开饭厅？”

只见彩华夫人两颊泛红，京子也忸怩，羞于启齿。

“我们去上洗手间。”

彩华夫人勉强吐出这句话。

“因为我不敢一个人去，所以拜托京子夫人陪我。我从洗手间的窗户瞥见瀑布那头的假山闪过人影，因为那里有座凉亭，还点着两盏灯笼，所以隐隐约约看得到什么，那人影就出现在那一带，瞬间没入黑暗。我们很害怕，才赶紧找我先生、矢代先生和巨势先生前去探个究竟，碰巧遇到长畑刑警，他也帮忙察看。”“猎犬”警官颔首。

“‘书呆子’你有马上察看吧？”

“是的，我赶紧奔过去察看，没发现什么可疑人影。因为没办法走直线穿越，还绕了一下别墅，那庭院的小路还真是曲折，很容易迷路呢！”

“毕竟只有你一个人巡守，这也是没办法的事。”“猎犬”警官相当体恤属下。

“各位有马上回饭厅吗？”

“我立刻回去，一马和巨势博士应该也是。”听我这么说，一马和巨势博士点点头。

“三人一起回去吗？”

“没必要非得同行吧！我们是分开行动的。”

“夫人和矢代夫人一起回去吗？”

“我那时想去厨房向女佣交代一些事情，所以我们没有一起回饭厅，应该是京子小姐先回去的吧。”

“几乎是一起去的吧。我也到厨房和坪田太太随口聊了几句。”

警官用力点点头。

“那时厨房已经准备好咖啡了吗？”

“已经准备好了。”

彩华夫人坚定地看着警官，这么说。口气不是很坚硬，依旧深沉自然。

“我们返回时，咖啡已经端上桌了。”

“杯子里已经装了咖啡吗？”

“是的，砂糖和牛奶也从厨房里拿了过来。”

“猎犬”警官从饭厅取来光一和加代子的杯子，一再端详。光一的杯子有一处大缺口，还有一处稍微小一点的，加代子的杯子则有两处大缺口和两处小缺口。

“猎犬”警官抬起头，询问女佣八重：

“哪一个是土居先生专用的？”

“这个。”没错，她指向缺口较少的那个。

“没有其他没缺口的杯子吗？”

“没有，在战争时期打破了好几个，尚未添购新的。”警官点点头。

“最近东西很便宜，而且便宜到吓人一跳呢！”

然后看向我和一马，问：

“你们也瞧见桌上摆着咖啡杯吗？”

我们点点头。

“其他两三位当时好像也有离开过，是哪几位呢?”

“我离开过。”神山东洋回答，还有木兵卫。

“你也看到桌上放着咖啡杯吗?”

“我从洗手间回来时，刚好瞧见女佣正在收拾杯子，不太清楚桌上留了几个，没特别注意。”

“我回来时，已经没看到杯子了。倒是瞥见海老冢医生边啜饮咖啡，边从厨房里走出来。”

警官一脸意外。

“海老冢医生不在饭厅吗?”

“我在厨房用餐。”

海老冢的口气阴森得像一把匕首，态度十分粗鲁无礼。神山东洋接着说：

“我本来要说明的，可是土居大画家硬是插话，才会一下子从前奏变成终曲。大家用餐到一半时，大概是送走‘圣者’了。海老冢又回到饭厅来。于是一马先生以海老冢医生会破坏气氛为由，要他退席，所以海老冢医生离开饭厅。”

大家对于海老冢之后是否一直待在厨房里用餐一事，十分存疑。光一更是不以为然，只见他不开心地噘噘嘴。

“你是在厨房的哪里用餐?”光一问，海老冢目不转睛地斜睨他，没有回应。坪田太太只好代为回答，依料理的性质不同，一忙起来，烹调的地方也不一样，所以海老家有时会在那儿，有时在这儿，一会儿坐在椅子上，一会儿站着用餐。

侦讯告一段落，警官一行人准备打道回府时，光一埋怨："警官先生，我已经受够了！不能马上回东京吗？"

"这个嘛！虽然无法强留您，不过要是没什么要紧事，还是暂时留下来比较好。"

"是没什么要紧事啦！只是我得开始准备秋季展览的作品，况且这里也没我的事，真是受够了！总之，从明天开始，我要吃的东西我会自己做。"

"这怎么行？这样不是很奇怪吗？因为你是会毒死我们的恶棍啊！"彩华夫人大叫。

"猎犬"警官插嘴："不如这样吧。我派'鬼点子'每天过来，陪你们料理晚餐好了。""嗯，也好，这样才能确保我能活着。"光一拍了几下胸口，露出满意的神情。

"也许凶手就在我们其中，正斜睨着我，想到就害怕。"

之后，大家为多门老爷与加代子守灵，直到午夜两点多，才进入梦乡。

十六、歌川家的秘密

警方希望调查多门老爷的遗嘱，因此开启歌川家的保险箱。

不过里头并没有什么东西，只有多门老爷签名的文件，上头日期为昭和二十二年七月十四日，也就是遇害前两天才立下的；这份遗嘱的内容对一马而言，可说完全出乎意料。

多门坦言除了珠绪，加代子也是他的亲生女儿，明确交代全部遗产由一马与加代子均分。另外，由良婆婆与片仓清次郎各分得二十万日元。

“片仓清次郎是谁?”

“曾在我家当差的老管家，今年春天生了重病，目前正在休养中，已经是七十六高龄的老翁了。”

“猎犬”警官誊写了一份，问了片仓清次郎的地址后离去，感觉得出来他试图从遗嘱中找出杀害加代子小姐的明确动机。

警官一行人正要离去时，适巧片仓老人由家人陪同，特地驱车前来吊唁老主人。他的身体状况已经到了举步维艰的地步。

“您在这里当差多久?”

“我从十六岁那年开始当差，今年已经七十六了，足足六十年啊！当时歌川家的财产约值十二三万，虽然只有这么一些，但那时就是屈指可数的富豪之家。随着世事变化，时代巨变，加上战败的关系，多少都会有些影响吧!”

片仓老人病体孱弱，脑子却很清楚，虽然没念过什么书，但感觉得出是一位颇有见识的长辈。

警官的态度自然也不一样。

“加代子小姐的母亲自杀一事是真的吗?”

“是的。”片仓老人闭上眼，像念佛经似的念念有词。警官怜悯地看着老人，说：“片仓先生，警方只要调查一下过去的记录，便能了解过往经过；要求您老人家说出奉献一生的主人家的秘密，真的很为难您，或许您会觉得我们是逼迫人的恶鬼，但是片仓先生，前主人家陆续发生离奇惨案，若您不愿说出真相，就无法逮到凶手啊！虽然这要求令人难以接受，不过我保证绝对不会泄漏出去，人格担保绝不会说出有损歌川家颜面之事，恳求您的协助。”

“猎犬”警官看着老人，老人眼神沉稳明理，似乎答应了警官的恳求。

“传言加代子小姐的母亲并非自杀，而是他杀，是真的吗？”

老人闭上眼，沉默片刻后回道：“警官先生，其实我也不清楚，也许我的轻率会给主人家带来困扰吧。虽然那个人上吊的仓库已经不存在了。但我到现在还记得她在后颈项打了个结，悬吊在仓库的梁柱上，带子断掉，她摔了下来，就这样断了气。那条带子是梶子夫人的东西，留在现场的鞋子有梶子夫人的，也有死者的。我当场怔住，赶紧将梶子夫人的木屐藏起来，然后解开死者脖子上的带子，换上别的一条绳子，并向当时位于山腰的驻警谎称她是自杀的，还说我发现时，赶紧解开绳子，施以人工呼吸急救，但终究纸包不住火，到现在还是有他杀的传言。怎么说都是因为我一时的轻率，不断催眠自己相信她绝对是自杀。个性好强又歇斯底里的梶子夫人身形瘦削，手无缚鸡之力，任谁都会认为她根本没有力气杀人，可是事情发生得实在太突然，让我一下子慌了手脚。当时老爷的秘书还和我一起前往现场，就是神山东洋这个恶棍。”

这番话让我们十分惊讶，一马惊愕的程度更甚。只见他面色惨白，全身僵直。

警官深表同情，颔首说：“了解。所以传言神山东洋觊觎歌川家一事并非空穴来风喽？”

片仓老人沉默半晌，才说：“神山东洋还握有老爷的另一项秘密，这个秘密可能连少爷都不知情吧。若不是发生一连串惨事，我本来打算尘封所有的记忆就这样进棺材，但还是无法不在意这一切骚动。今天我来除了吊唁之外，就是要向少爷坦白真相。”老人又喘了口气。

“老爷二十岁时，曾到东京游学，和住宿地方的女佣发生关系，有了孩子。那孩子后来被远亲的海老冢家收为养子，老爷也和女方断绝关系，但是这孩子长大后却不学好，不但欺诈，还会勒索，结果犯下抢劫罪，死于狱中。这个人二十岁就结婚，留下两个孩子，其中弟弟就是现在在村里行医的海老冢晃二，所以他是老爷的孙子；至于哥哥玄太郎，三年前留下三个子女便撒手人寰，三个子女都还是十几岁的小毛头，由住在距此处约十二里远的 M 村的一个寡妇收养。不过既然已经和老爷家没来往，也就不须支付什么赡养费。”

“猎犬”警官不知该说些什么，一马则是面色惨白。

“领养老爷私生子的海老冢先生，为人非常温厚仁慈，他谨守秘密，不曾泄露歌川多门有私生子这件事，所以那个欺诈勒索，甚至因为抢劫而死于狱中的家伙，至死都不晓得自己是歌川多门家的长子。他留下两个孩子，玄太郎和晃二，因为晃二很会念书，因此老爷便以村里需要医生为由，苦心栽培，但他不知道自己是老爷的孙子，只有神山东洋这个恶棍知道这个秘密。”

“他应该有告知海老冢医生吧！”

片仓老人没有回答，沉默半晌才开口：

“神山这家伙以此要挟梶子夫人，得知秘密的夫人非常惊讶，还激动地责问我这件事是真是假。神山这家伙居然想以告诉海老冢实情，将会引发财产分配纷争一事来要挟夫人。我好几次都想杀了神山这恶棍，要是真杀了他就好了。反正我这条老命死了也不足惜，这件事让我苟延残喘至今。”

老人淌着泪。“狗鼻子”刑警突然打破沉默的氛围，说：

“这么说，梶子夫人遭人毒杀一事是真的喽。嗯，看来有必要重新彻查才行。”

“猎犬”警官冷冷地说：“你以为挖出一年前的白骨就能验出毒药吗?”

然后看向片仓老人，说：“片仓先生，想请教您最后一个问题。除了一马先生，还有死去的珠绪小姐、加代子小姐，多门先生真的没有其他孩子吗?”

“没有，老爷家人丁不旺。”

十七、不连续杀人事件

尽管警方十分努力，可还是无法掌握任何确切证据。

解开神山与海老冢的秘密，无疑是一大关键。内海惨遭杀害时，住在二楼的神山只要避开光一或海老冢，便能轻易杀害住在一楼的内海明。

唯一冲突的是，千草小姐遭杀害时，两人都有不在场证明。

神山东洋和僧侣、一马一起从火葬场回来之后，就一直和女士们待在客厅里闲聊，这点女士们都能证明。

海老家八点左右从村子过来，在后门巧遇我和一马；至于他离开医院的时间，不管“猎犬”警官怎么追问，加上木兵卫打破砂锅璺到底，他还是不愿正面响应。警方调查后，依病患证言，六点到八点之间他出诊了三名病患，根本没有充裕的时间犯案；七点二十分到八点之间，他离开最后一名病患的家里，准备前往歌川家，因为脚不太方便，所以走起路来比一般人多费点时间。

神山夫人木曾乃女士，当天为了准备斋食忙得不可开交，好几个人都可以证明她没有离开过厨房。还有那位《论语》研究家，那天他人在七八里远的小镇，也有人证明他确实有不在场证明。

我知道警方不只针对我，也调查过巨势博士、海老家以及神山等，我们确实都有不在场证明。

“博士，犯下这几起命案的凶手搞不好不在我们当中，若事关歌川家的话，杀害千草小姐、王仁和内海明的凶手可能不是同一人，就算案发时间连续，动机和凶手也可能不止一个选项，形成不连续杀人事件，你觉得这看法如何？”

“嗯，或许这是一起不连续杀人事件，日后我也会将其命名为不连续杀人事件吧！但我想这也是凶手的意图。也就是说，凶手怕被识破犯案动机，所以刻意模糊行凶动机，因为只要晓得动机，就能找出真凶。”

“那么，所有的命案是同一人所为喽？”

巨势博士微笑地颔首。

“这是当然喽！光是我们这群人聚在一起，就非巧合之事，而是凶手刻意安排的。我们高高兴兴来做客，竟然发生这种事，真是扫兴。”虽然博士的笑容有些腼腆，但我晓得他已经找到了线索。

“那凶手的真正动机是？”

巨势博士扬声大笑。

“如果晓得就知道凶手是谁啦！这真的是一起非常恐怖，经过缜密计划的犯罪事件，每个步骤都经过仔细计算，可说是到目前为止，全日本最特别、最浩大的犯罪计划。凶手无疑是个天才，精心计算过每个犯罪环节，可谓巧夺天工啊！好比装设能让绳索自动带上房门的装置，以此伪装成密室杀人等，这些细节功夫都是令人叹服的地方；足以说明凶手的心态，就是最怕别人窥视其内心深处，而这般恐怖的沉默性格，也证明凶手是个天才杀人魔。凶手的真正动机究竟为何？哪一起杀人事件才是凶手的真正目的？还有，这起事件真能如凶手预告的，于八月九日告一段落吗？我看为了真正的目的，八月九日那天不见得能画下句号，但也许有目的地杀人一事已经结束了。”

“可是在如此严密的警戒下，凶手不是更不能轻举妄动吗?”

“因此得想办法隐藏真实动机才行，不过八月九日那天，肯定是一大高潮。当然，这是我的看法啦！虽然凶手预告八月九日那天才会结束，但怎么说呢？因为凶手胆敢一天之内杀害两个人，足见他会随时改变行凶计划。我想，毒杀过一次后，他的毒杀计划应该会告一段落，再以另一种出乎意料的手法行凶，这就是凶手的性格，或许我们可以大胆预测一切会在八月九日那天尘埃落定也说不定。”

不过巨势博士并没有十足把握，他知道我造访过片仓老人和海老冢的老家，也晓得我对一马有所怀疑。不知为何，博士竟然对一马说：“歌川先生竟然不晓得自己是海老冢的叔父，真是难以想象啊！就算梶子夫人不知情，多门老爷也应该告诉当家的歌川先生才对啊！还真是有违常理。”

可想而知，一马的心情糟透了。我赶紧代一马回应：

“博士那时不在场，有所不知，我可是亲耳听到片仓老人说出惊人的秘密呢！那时一马惊愕无比，顿失血色，那种表情是演技再好的演员也模仿不来的，真的是本能的反应，比用测谎器测谎更真切。”

“哦，是吗？矢代先生习惯以文学观点来看事情，未免独断了些，再怎么样也不可能和测谎器一样准确吧。虽说歌川先生一直到今天才知道这件事，可是就连神山东洋都晓得的事，当家继承人却不知情，不是很奇怪吗？”

一马听了更加恼怒，愤愤地说：“我真的不知道啊！我只知道自己是歌川家唯一的继承人，况且家父是那种打死也不让别人知道他犯错的人，想说死了就这样带进棺材，所以他和祖父合不来。他本来就是个没什么家庭观念，总是冷眼旁观一切的人，或许就是这种个性，让他在文学方面的造诣来得比我深厚；像这种宛如一道陈年旧伤的小秘密，对他而言根本算不了什么，只是因为碰巧发生一连串惨事，才凸显这件事的重要，否则对他来说，根本就不值得一提。”

巨势博士有点尴尬地说：“也许吧！只是对我这种贫穷人家出身的人而言，发生这种事可是非同小可；沦为神山东洋要挟的把柄，家产纠纷，还引起一连串惨剧，遗产肯定挺可观的吧！”

“如果神山东洋真要闹上法庭，在合情合理的情况下，与其遭人要挟，我宁可将父亲的遗产分给海老冢。我不是贪财之人，会选择站在正义的一方。”

情绪激动的一马，语气坚定地吼着。

其实巨势博士也怀疑我。

“我说矢代老师啊！”

他来我房间，笑嘻嘻地对我和京子说：“虽然歌川先生是那么说啦！不过先不谈他的事，该不会矢代先生也知道海老冢先生是多门老爷的孙子？因为有此秘密，所以亲近梶子夫人的人，像是女佣，还有加代子小姐，都脱不了干系，搞不好加代子小姐也知道这秘密，若真是这样，还真是心机深沉啊！”

只见他笑得益发灿烂。

“我说矢代夫人，你不是加代子小姐最好的朋友吗？有听她提起这件事吗？”这种探问方式未免露骨，没头没脑地猜疑，惹得京子也愠怒了。

“巨势先生，你太过分了。”

“哎呀，夫人别误会，我没什么恶意。我知道这么问很失礼，也晓得这么大剌剌地问，可能得不到答案。其实我是想，夫人毕竟曾是多门老爷的旧爱，搞不好听他提过这件事。”

“没有，从来没有。”京子脸色一沉，不客气地回应道。

“多所冒犯，不好意思。”博士难为情地笑了笑，“对了，丹后先生还是单身吗？”

“应该是吧。”

“有交往对象吗？”

“这个嘛，没听他提起过。”

“听说丹后先生好像对珠绪小姐颇有好感呢！”

“是挺喜欢的，至于是哪种程度的喜欢，像他那种怪家伙，我也懒得问。果然是一群古怪又难搞的家伙。”

将大家视为嫌疑犯的他，令我有些厌烦，看来似乎太高估他了。相较之下，“猎犬”警官至少行事不会如此轻率莽撞，也不会胡乱地将每个人视为嫌犯，感觉行事风格比较沉稳牢靠。

某天，我朝三轮山方向散步时，远远瞥见一男一女两位老人家似乎累得蹲在路旁。凑近一瞧，原来是由良婆婆和一位陌生老者，应该是由良婆婆的夫婿南云老人。

询问他们发生了什么事，原本绷着脸的由良婆婆露出松了口气的表情。

“本想勉强走点路，谁知老了不中用喽。明明十天前还办得到的事，今天却不行了。”

“您哪里不舒服吗？”

“本来想说趁今早身体状况还不错，老头子的脚力也还行，明知有点逞强，还是想走到千草陈尸的地方看看。就像我刚才说的，上了年纪后，今天能做的事，搞不好明后天就办不到喽！人生就是这么无常，现在不做的话，就没机会做了。既然时光无法倒转，就别留下遗憾。我们可是比那些没耐性的四五岁小鬼头更胜百倍呢！明明初春还能健步如飞走到温泉一带，没想到才走了一点路，就累成这德行。”

“对了，前几天我听温泉旅馆老板说，您去买安眠药。”

“安眠药？没有啊，我没买过那种药。”

由良婆婆断然否认。

“这位是……？”蹲在一旁的老人问。

“这位是别墅的客人矢代先生，就是和京子结婚的那位啊！”

“哦哦！就是他啊！”

我伸手让他们扶着起身。本来想背老人家走一段路，但再怎么瘦弱，也是身长五英尺八吋的男人。

“我请喜作伯开车来这好了。”

“不用啦！不用麻烦了。已经休息够了，走得动，没问题。”

她扶着我的肩，迈开步伐。

“诸井小姐这人真是刻薄，陪病人散步到一半，还会厌烦地叫病人去死，真是个没良心的人！只要给她钱，什么都肯做，见钱眼开的势利鬼。请她帮点小忙，还会遭其白眼呢！”

南云老人也搭着我的肩，摇摇晃晃地起身，边喘气边附和：

“嗯，就是呀!”

看来世上有诸井琴路这号人物，可真是一大憾事。

“她的人品如何?”

我这么一问时，由良婆婆说：

“人品？那种人还有人品可言吗？我哥哥（指多门）脾气本来就古怪，这个先不谈，居然连海老家医生也觉得诸井是好人，还称赞她一定是个贤妻良母。不管是邮局局长、学校老师，还是最近生意还不错的人家，都帮她说过无数次媒呢！我看那女人啊，八成晚上抱着一大叠钞票睡觉，没血没泪，满脑子只有钱，只有钱才是她最亲密的伙伴，真是令人作呕的女人。”

若是没遇到神山东洋，我想我可能会累瘫吧。

因为长得高头大马的神山，轻而易举地就背起南云老人，由良婆婆则在一旁慢慢走。

诸井琴路这个神秘女人，肯定在此事中扮演着关键角色。无奈我想破头，也想不出个所以然。

到底是谁在操控这个贪得无厌的女人?

我赶紧调查七月十八日傍晚，千草小姐遇害那天她的不在场证明，结果事与愿违。

那天，诸井是最后目击千草小姐由后门离开的人，六点到七点她在帮多门老爷按摩，之后并未外出过。

十八、第七个人

那是八月三日发生的事。

最近每天中午，我都会前往温泉旅馆写作，无非是因为那边的环境清幽；但相较之下，歌川家别墅更显安静，因为房子是坚固的钢筋水泥结构，隔音效果很好。

与其说是想图个清静，不如说我已经累了。因为连续发生这种惨事，彼此多少都会互相猜疑，碰面时更觉得尴尬，所以我选择来温泉旅馆。

不光我有这种感觉，近来大家都是白天时频频外出，有人会搭公交车前往小镇。丹后常常去村子里的棋社下棋打发时间，一马也变得有点神经衰弱，心情烦躁，所以也会出去走走；完全不出门的只有光一和神山东洋，两人连着好几天比赛台球，而且都是有几分实力之人。巨势博士偶尔也会加入赌局，他打起台球来颇有两把刷子，是那种就算随便玩玩，也很厉害的家伙，可说是个天生的赌徒。这三人昨晚就说好，今天要比上一整天，一决胜负，就算赔上全部财产也在所不惜，还真是充满干劲。神山东洋还说，他一早醒来就先斋戒沐浴。

京子一早便出发前往 N 市买东西，顺道拜访老友。

当我约莫九点准备出门前往温泉旅馆时，彩华夫人叫住我：

“矢代先生，请留步。今天也要去温泉旅馆吗？我也想去。”

“今天是周日，也许人很多哟！”

“哎呀！那里那么偏僻，就算周日也没什么人啦！”

或许吧。前几天我带她去过，不过那天游客特别多，我也因为人声嘈杂，无法专心工作；何况温泉池始终挤满人，加上男女混浴，所以彩华夫人无法如愿泡温泉。这里有别于大城市的温泉，游客来这深山温泉，只能纯粹享受泡温泉的乐趣，因为没有其他休闲设施，只能一整天泡在人声鼎沸的温泉池中。

彩华夫人兴奋地捧着毛巾、肥皂等用品，跟在我后头。

我们一走过山毛榉林，就瞥见拄着手杖、身穿浴衣的丹后弓彦走在前方。我们追上去，只见他露出讽刺的眼神，瞅着彩华夫人手上的东西，说：

“真是难得啊！夫人也要泡澡吗？”

“你也要去吗？那就一起走吧！”

“我今天要去参加邮局局长那儿的棋会。”

“可是局长先生的家不是这方向呀！”

“我知道。虽然我很喜欢下棋，可是棋社里都是些讨厌的家伙；虽然他们常常办活动，但来的都是些素质不高的人，我本来要去会场，但不知为何，自然地朝反方向走。”

“你的个性还真是别扭，既然这样，那就一起去泡澡吧！”

“被你这么一说，我的脚又自动地往那方向……”

他边说边走向山毛榉林，弯进没有小路的森林深处。

“还真是个怪人啊！”

“像他那种脾气别扭的家伙，还是别和他认真打交道的好，不然白的都会被他说成黑的。”

这天的温泉旅馆十分冷清，几乎没看到三五成群的泡澡客，倒是有全家人一起上山来玩的游客。如此萧条的情况下，只要有几个游客便显得很热闹了。

除了我们之外，几乎没什么客人，所以彩华夫人不必请人帮忙看守，得以悠闲地泡了三十多分钟。

之后，她来我工作的地方。

“乡下房间的陈设还真是简朴呢！”

“就是啊！相较之下，别墅的房间可真是豪华啊！”

眼下是一条潺潺溪流，碰巧有一位山中钓客经过窗下，礼貌地向我们打声招呼：“不好意思。”随即翩然走过。

“咦？原来那里不是庭院，是一条路啊？”

“深山里哪有什么庭院、道路之分啊！你瞧，那里不是有一条能通到谷底的斜坡吗？走下去有一方淤积地，是这一带出了名的钓场哟！我也买了一根钓竿，有时工作累了，干脆直接从窗户出去，走到那里钓鱼。”

“有钓到过吗？”

“还没钓上半尾，因为去的时间不对，而且这根钓竿是在这里买的便宜货，根本没办法钓起香鱼、鲣鱼和嘉鱼之类的。”

“要是钓到的话，记得通知一声哟！我先告辞了。”

彩华夫人先回去。

果然有她这般的稀客在就是不一样，即便人已经离去，我还是无法静下心来工作，只好先去钓鱼打发时间，结果还是一无所获。我用过午膳，稍事歇息后，工作了一会儿便回去。

晚上八点到八点半左右，陆续有四五个人回来。因为配合公交车班次，无论是从 N 市来，还是前往 N 市，末班车基本都是七点抵达，不过乡下公交车向来没个准，经常迟个三十分钟左右。

最近外出的人明显增多，所以在晚餐用到一半时才回来的人也变多了。虽然公交车大概七点左右抵达这村子，但因为是五点从 N 市发车，所以要回村子的人必须赶上五点的末班车，才能在七点左右回到村子，就算脚程快一点的男人，回到歌川家也得花上一个钟头。

这一天从 N 市搭末班车回来的人，分别是木兵卫、京子与木曾乃太太，一马和丹后则是从 F 市搭末班车回来；也就是说，公交车往返 N 市与 F 市，而这个 N 村刚好位于中途，无论从哪一边乘车都不到两个钟头。

从 F 市发车的末班车误点，所以一马与丹后约八点才回来，却没瞧见宇津木秋子。

“秋子小姐没和你们搭同一班车吗?”

我问一马，他说没有，看来她也没搭上从 N 市发车的末班车。

“会从 N 市搭末班车回来的人，应该是海老冢医生吧！因为今天周日休诊。我还在镇上看到诸井小姐，但我们没有一起搭末班车回来。”京子告诉我。

“丹后，你没去棋社，而是去了趟F市吗？”我问。

“是啊！托你们的福，我没泡到澡。”

只见胡蝶女士一脸狐疑地说：

“宇津木小姐到底是怎么啦？我们夫妇今天分别在村子的青年会和妇女会进行演讲和表演，早上他演讲，下午换我粉墨登场；我们上午九点出门时，还看到宇津木小姐在房间里工作呢！可能工作累了在睡觉吧！我去看一下好了。”

胡蝶女士前去瞧个究竟。结果，房间里留着写到一半的文稿，却不见宇津木小姐的踪影。

餐后，“猎犬”警官突然来访。

“警官先生，也许又有事情发生了呢！”神山东洋说。

“怎么啦？这种事可不能乱说啊！你可真会疑神疑鬼。”

“宇津木小姐不见了。虽然这么大的人还会迷路，真的很可笑，但这宅子最近不太安宁，实在令人担心啊！”

“她什么时候不见的？”

“胡蝶女士说早上九点左右还看到她在自己的房间里工作，这是唯一的线索。我和土居大画家、巨势先生打台球打得如火如荼，一马先生、丹后先生去了F市，三宅先生、京子小姐和木曾乃则去了N市。对了，矢代先生呢？”

“我和彩华夫人去温泉旅馆，大概九点左右出去的吧！”

“原来大家都出门了。我们打台球的则是在不在都没差别。她到底是几点出门的啊？又是去了哪儿呢？”

这时，坪田太太说道：

“好像是九点半到十点吧！我有看到宇津木小姐。”

“在哪里？”

“就在这间客厅。啊！对了。她刚好来厨房喝水，我问她是否要出门，她说出去散步一下，然后穿着草鞋直接从饭厅走到外头。”

“午餐时呢？”

“对哟。午餐时没看到她呢！想说她可能在外头用餐，要是回来肚子饿的话，会要我帮她弄点什么。”

翌日，在三轮山最深处的瀑布底发现了宇津木小姐的尸体。

【附记】

事件终于渐入尾声，下回应该更能拜见各位的本领了。

如上上回附记之约，关于巨势博士在《不连续杀人事件》中的性格，已经泄露了一部分给诸位瞧瞧，但还不能善良到一次叙述完所有的事情。

“鬼点子”女士与九州的“猪鼻子”先生等人，对于凶手不止一人，行凶动机不尽相同等问题，卖弄了许多小聪明。但看在我这个不太亲切的人眼里，老实说，他们的小聪明实在不怎么样；虽说注定要丢脸，好歹别让人家颜面尽失才好。身为推理小说家，一定要有菩萨心肠，我活到这把年纪，还是没领悟这道理。

真是的！存心让个成熟的大人丢脸，可真是缺德，以后我会尽量减轻各位所受的伤害。

最近还出现想收买我身边的亲友，探知一二的家伙，还真是叫人头疼。说什么要是帮我找出答案，想要平分奖金之类的；还真是世风日下，人心不古，尽失运动家精神。

有位负责国内小说的编辑，还向我身边的某个人这么说：“喂！你去问问凶手是谁，或是偷偷地翻他的笔记查一下，到时奖金分你一半，或是送你一双鞋子也行。”

为了达到目的而收买别人，真是可恶。不过内心化为猛鬼的我也好不到哪儿去。仔细想想，那些人如此低声下气地恳求，还不觉得羞耻，着实无药可救啊！所以根本不必同情这种人，不是吗？

坂口安吾

十九、不在场证明的比较

三轮神社前有一条溪流，三轮池水位一涨，就会流入这条溪流。两处本来源头就不一样，汇集深山泉水，平时溪水水量还算丰沛，恰巧经由三轮神社蜿蜒至谷底，形成约百坪的浅滩。四周岩壁峭立，阳光遍洒水面，衬出碧绿色，更显得潭水深不可测。这一湾潭水看似静悄悄地沉淀着，实则暗藏好几处漩涡，所以这里不适合钓鱼或游泳。

身穿和服的宇津木秋子浮在水面，缓缓地在漩涡中转着。

虽然看起来像是从悬崖跌下来，却缺乏确切证据判定是他杀。尽管平地闹干旱，山中早晚还是常下雨，八月三日傍晚与四日凌晨，也下了滂沱大雨，连足迹都被冲刷掉，所以悬崖上方勘查不到任何搏斗的痕迹。

宇津木小姐的尸体于四日清晨被发现，警方照例于草林寺对尸体进行解剖，结束后已近傍晚时分。根据对胃部残余物的分析，死者约于饭后三小时到三个半小时之间惨遭杀害。

因为最近外出的人变多，所以用餐人数和时间极不固定。若想搭乘头班车，以男人的脚程来说，也必须于七点半从歌川家出发，所以大家的用餐时间相当分散。

不过，昨天八月三日，秋子小姐和我、京子、神山夫妇，以及胡蝶女士一起用早餐。大伙都记得约是七点半左右，但就连神山也忘了瞄一眼他自豪的爱表，所以说不出正确的时间，只能推测行凶时间约是早上十点半到十一点之间。

四日晚餐后，“猎犬”警官要求我们与海老冢医生、诸井护士、下枝小姐聚集于客厅。

“被这事搞得我也想自杀了。给大家添了不少麻烦，但还请各位忍耐，多多配合。虽然目前没有明确证据证明宇津木小姐是自杀还是他杀，不过很容易让人联想到他杀吧！大部分人准备自杀前，会刻意做些动作，比如脱掉鞋子、将手上东西放到地上，或是怕衣服浮起来，会将袖子打结绑在身上，不过倒也不是每个自杀者都会这么做。所以就算宇津木小姐什么都没做，甚至拎着包包就跳下去，也无法断定是他杀。因为到目前为止发生了好几件尚未解决的悬案，现在又发生这样的事，警方当然会朝杀人案方向侦查。”

“猎犬”警官先说了这番开场白，感觉更为谦逊有礼。

“侦查程序一如往常，先请各位说出昨天各自的不在场证明。每次都承蒙各位多方配合，这次也请包涵。”

他那亲切有礼的态度犹如蔬果店老板。当然，我们也早已应付出心得了。

“依序先请教三宅先生，昨天你一直待在 N 市，是吧？”

木兵卫颔首，回道：“前天特地拜托坪田太太早点准备早餐，方便我准时七点半出发，搭首班车，再坐末班车回来。”

“尊夫人那天有何异样吗？”

“就我看来，那女人一直都很怪里怪气吧！虽然我们是一起来的，却没睡在一起，其实早就分居了。如各位所知，她完全不把我放在眼里，大方地与王仁暗通款曲。基本上，那女人根本就是个无法离开男人肉体超过三天的荡妇，之后的事就请各位自行想象吧！虽然我没有对这种事进行确认，但我们是有名无实的夫妻，况且那女人也和其他男人暧昧不清。”

“所以你们平常几乎不搭理彼此喽？”

“我们之间早已形同陌路，完全陷入冷战状态，所以不是陌生人，应该是敌人吧！”

“原来如此。不过这种犹如不稳定邦交国关系般的女人，更令人难以忘怀吧。恕我冒昧，难道你们不曾想过复合吗？”

“完全没有。我们之间不是邦交国关系，而是死对头。邦交国关系也许会永远持续，可是人生苦短，没必要勉强自己和讨厌的家伙相处，更何况我们早已离婚。”

“话虽如此，你自己还不是不能没有女人吗？”光一毫不客气地插嘴，“也许迷恋这玩意儿是女人的一项专长，但是大爷你的专长还是再加一项，那就是骄傲自大，充其量只是个视妻子为女佣或物品的混账男人罢了。人家好歹也是知名女作家，自然会反击啊！要说你个性善妒也罢，竟然在外人面前数落老婆的不是，不觉得自己更卑劣吗？比起宇津木小姐，你的人格更令人不齿，卑鄙无耻又下流。”

木兵卫脸色苍白，怒目瞪视却无言反击。

“猎犬”警官适时缓和气氛，说道：“所以三宅先生也不晓得尊夫人那天有什么预定的行程喽？”

“我怎么可能知道。”

“三宅先生是去N市找朋友吗？”

“不是，只是觉得无聊，出门随便晃晃，还去了书店。对了，说到买东西，我买了一本杂志，但店家应该不记得我吧！所以没有出不在场证明。”

“要搭首班车的话，不是很早就得出门吗？还有谁习惯搭往 N 市的首班车呢？”

无人回应。沉默半晌，木曾乃夫人开口说：“昨天我也去了一趟 N 市，不过是搭第二班车。因为女人家出门，总得准备一下，况且脚程也比男人慢，所以只能搭上第二班车。昨天我是和京子小姐一起乘车，在站台上又遇到诸井小姐。我们一起在 N 市的大正路下车，和京子小姐道别后，我去买东西，然后搭末班车回来时又巧遇京子小姐。”

“矢代夫人也是去买东西吗？”

“不，我还顺道拜访朋友，就是两三年前住在这里时认识的朋友，一间叫作本间和服店的老板娘，昨天一直待在那儿。”

“猎犬”警官点了点头，接着询问诸井护士。

“我总觉得问你话，还真是件苦差事呢！难不成你对病人也是如此不理不睬的吗？那你又去了哪儿呢？”

“昨天周日医院休诊，我去添购药品。”

“只是去买药，不需要耗到坐末班车回来吧？请你说明得再详细一点。”

“采买完后，我就随处晃晃。出了深山到城镇，任谁都会这么做吧！”

“哎！真是够了。每次都是这种态度。”

“猎犬”警官照例向每个人询问在N市的不在场证明，结果最明确的只有京子而已。木曾乃太太虽然四处购物，可是因为在城里没什么熟人，所以别人也不太可能记得她。

诸井护士是搭第二班车，于十二点三十分抵达N市，在公交车终点站前的药房买药，再搭两点三十分发车的公交车回来；不过她一下车就先将购物清单交给店家，然后到处闲逛，赶在两点半发车前去取药、乘车。这当中两小时只是在街上闲逛，所以她没有任何具体的不在场证明。

最夸张的是木兵卫，搭首班车于十点三十分抵达N市，一直逛晃到下午五点才搭末班车回来。

“三宅先生，整整六个小时耶！总会待在某处与人交谈，应该有谁记得你吧？”

“你说的这是一般情况吧！每个人的癖好不同，不能概括而论。在不熟悉的地方，通常只记得走过什么路，经过几户人家、森林、寺院之类的，至于哪个方向，走了哪条路后，接着是哪条路；因为所有印象都是片断的，很难拼凑成全景。我只是随兴四处逛逛而已，这当中没和别人交谈也是很正常的事。我无法生活在随时制造不在场证明的日子，况且要是知道会发生这起惨剧，就会事先做好不在场证明，不是吗？”

“猎犬”警官点头。

“那么三宅先生，你搭首班车时有遇到谁吗？”

“没有，这村子没有我认识的人，也不记得别人的长相，所以根本没注意到遇见谁。”

“没和海老冢医生在一起吗？”

“没有。”木兵卫回答。

“那么，搭第二班车的矢代夫人、神山夫人和诸井小姐，有遇到海老冢医生吗？”

海老冢露出“问这么无聊问题”的不屑表情，但还是勉为其难地回应道：“我搭第三班车。”

“第三班车几点开？”

海老冢没有回应，警官拿出公交车班次表查看，班次表如下：

F 市发车	→抵 N 村	→抵 N 市
7：00	8：40	10：30
9：00	10：40	12：30
11：00	12：40	2：30
1：30	3：10	5：00

5：00	6：40	8：30
N 市发车→	抵 N 村→	抵 F 市
7：30	9：20	11：00
9：00	10：50	12：30
10：30	12：20	2：00
2：30	4：20	6：00
5：00	6：20	8：30

“看来海老冢医生是搭十二点四十分的车，下午两点半抵达N市。”

“猎犬”警官一副了然于心的模样，省略了向这乖僻医生问话，转向一马。

“歌川先生也是去F市吧!”

“是的，从F市走了约一里山路，到位于深山的亲戚家。虽然是搭首班车去，坐末班车回来，但因为还要走上一段路，所以大概中午十二点半才抵达亲戚家，三点多才离开。”

“了解，搭反方向的车，是吧？来回搭的都是首班车，没和三宅先生一起走到村子的公交车站吗?”

“因为往F市的首班车误点了三十分钟，所以没遇到他。况且我们去F市，通常不是在N村下车，而是在T部落下车；

因为距离差不多，以我平常的脚程，两边都要花上一小时十五分钟，不过只限下坡而已。”

“你说的T部落是往哪个方向？”

“就是走过山毛榉林，再经过温泉旅馆，沿着一条羊肠小道往下走，就到了T部落的公交车站。从这里到温泉旅馆约半里多，从温泉旅馆到T部落还不到一里，合计约一里半吧！”

“哈哈！原来还有这种走法啊！”

“猎犬”警官啧啧称奇似的看着丹后。

“丹后先生原本要出席局长办的棋会，却往反方向走，是吧？不瞒您说，我和‘书呆子’参加了棋会，还下场比试了一番呢！所以丹后先生也是随兴去了F市，四处闲逛喽！那是搭几点的车呢？”

丹后并未立即回应，只见他抽出一根烟，四处张望了一下，警官赶紧递上打火机。

“不好意思，谢谢。”丹后向警官点头道谢。

“九点左右。我和矢代寸兵与彩华夫人于山毛榉林分道扬镳后，便沿着山径漫无目的地走着，就这样走到公交车通行的路上。因为看到车子转弯过来，便招手上车。我看了一下班次表，应该是十点五十分那班由N村发车往N市的吧！到了F市后，我随处逛逛，找到一间可以品尝新鲜香鱼的小店，饱餐一顿，打了个盹后便回来。”

“了解。看来这比一直泡在棋会更健康呢！接着是彩华夫人，您一直都待在温泉旅馆那边吗？”

“没有，大概待了四五十分钟就回来了。泡澡泡了约半个小时，可能是为了节省燃料吧！水温不够热，不过我蛮喜欢温温的感觉，所以泡得很尽兴。”

“那里是什么样的水质？”

“我也不太清楚，白白浊浊的就是了。”

虽然我每天都会去泡，但不清楚是何种水质。听说对于疗伤很有效，但是倒也没见过什么人来泡汤治疗。虽然有股特殊的臭味，倒也不强烈；因为只有温泉那一带没有这附近的名产——蚊子，所以可能含有什么特殊成分吧！

最后，“猎犬”警官询问我昨天的行踪。我和彩华夫人九点出门。约九点半抵达温泉旅馆。因为我没心情工作，便去钓了一会儿鱼，后来又靠在温泉池里打盹片刻，然后随手写了些东西才回来，一切如我先前所述。

我住的房间本来就比较偏远，人迹罕至，所以我也有可能假装去钓鱼，实则跑到三轮山杀害秋子小姐也说不定。虽然“猎犬”警官没有质疑这一点，不过我左思右想，他应该会想到这一点才是。只见他直盯着公交车班次表，大概在思考木兵卫等人是否真的搭上首班车；就算真的搭上，也可能折返回来杀害秋子小姐，再回到城镇搭五点的车回来，诸如此类的问题。

完全排除涉案嫌疑的有胡蝶小姐和人见小六，他们从早上十点到下午三点，分别对青年会与妇女会的会员演讲和表演。至于神山、光一与巨势博士，三人则是聚在一起打台球。

“对了，海老冢医生。”“猎犬”警官又看向海老冢，“你说你是搭十二点四十分这班公交车前往N市。那么请你说明一下，九点到十二点四十分之间的行踪。”

海老冢一如往常，眼底闪过一道光，不予回应。

“你听清楚了。海老冢医生。我一直都很尊重你，也忍受你很久了。你听好了，我之所以隐忍是因为尊重你，但是你的回应对我们来说，却是一种侮辱。今天我再也忍不下去了，若你不肯好好说明的话，我就不客气了，听清楚了吗？”

海老冢转着那充满愤怒与反抗的发狂的双眼，毫不掩饰他的轻蔑，不屑地别过头去。

“猎犬”警官再也隐忍不住。

“那就由我来说明你的行踪。昨天九点四十分到五十分左右，你经过歌川家后门，那时应该巧遇了宇津木小姐，随后绕到歌川家的厨房，要女佣叫诸井护士过来。可是诸井如前所述，她搭第二班车前往城里，你听到后，脸色骤变，突然念头一转，差人叫下枝小姐过去钓殿。”

只见海老冢铁青脸，全身发颤。

“胡说！骗子！”

面对大吼的海老冢，“猎犬”警官不为所动，眼神锐利如针，直瞅着海老冢。

不知是否事先授命，“狗鼻子”与“书呆子”立刻分站海老冢的两旁。

“下枝小姐听了八重的话，不知你找她有何急事，马上赶去钓殿。一进去就看到你脖子上挂着听诊器，你对她说：‘你的胸口的确有毛病，今天帮你检查一下。’于是你突然抓住她的手，察觉你意图不轨的下枝小姐害怕不已，一直辩称自己没生病；没想到你竟扑上去，将她压倒在地，要挟她不准反抗，否则就要剥光她的衣服，然后强行亲吻。”

“胡说八道！你这个胡言乱语的家伙！”

海老冢怒吼，一副快要扑上去的样子。两名刑警从旁紧紧地架住他。“猎犬”警官神情冷峻地瞅着海老冢，继续说：

“惊吓不已的下枝小姐拼命抵抗、挣扎，你却不死心地一再扑向她，费了一番功夫才制服她。下枝小姐吓得尖叫，幸好在附近水池散步的由良婆婆听到惨叫声，赶紧跑到钓殿瞧个究竟，于是你的诡计没得逞，下枝小姐得以逃离魔掌。如何？下枝小姐也在这里，要是嫌我说明得不够详细，那就请由良婆婆过来对质吧！于是你像发狂似的奔出歌川家，那时应该是十点到十点十分左右，你搭上原本该是十二点四十分抵达，却迟了二十分钟才来的公交车，约下午一点抵达N村。一点之前你人在哪儿？做了些什么？”

海老冢瞠目怒视着“猎犬”警官。

“你这个混蛋！疯子！”

他挥舞双手，发狂似的吼叫，旋即转身走出客厅。刑警欲追上去，却被“猎犬”警官制止了。

只见走到走廊的海老冢突然回头，撂下一句话：

“你们这些人一定会遭天谴被杀光的！一群卑鄙下流的混账！”

然后像猩猩一样挥舞双手，悻悻地离去了。

“为何不逮捕他呢？”神山问。

“为何啊……”

“猎犬”警官平静地回道：

“因为缺乏任何证据啊！”

二十、头号嫌疑犯

待警官侦讯完，欲返回房间时，一马和彩华夫人脸色铁青地走过来。他们回到房间，发现上锁的房内桌上摆着一张字条：

“八月九日，宿命之日着”

字条上面这么写。

那天傍晚，为了将秋子小姐的遗体送往火葬场，大伙手忙脚乱，全体前往草林寺等候，之后将解剖过的遗体先送往正堂安置，待诵经后再用灵车将遗体送往火葬场。一行人回来后才用餐，只见一马和彩华夫人忙里忙外，根本没时间回房间，忙完后又直接到饭厅接受警方侦讯，好不容易告一段落，才得以回房间休息。

一马夫妇和我一起前往巨势博士的房间。

博士正在翻找他那只大号行李箱，对于我们所说的事，他一点也不惊讶。

“哦，是哟。”

还是忙着翻找东西。博士终于找到似的，松了一口气，其实也没什么，不过是少了一只袜子。

“什么？袜子？难道是什么物证吗？”

我故意挖苦，只见他神情暧昧地笑着说：

“没啦！我明天要去旅行，想说顺便回东京看看那女孩。她喜欢人家打扮得整整齐齐，虽然只是一双袜子，我可是一直将她说的话放在心上呢！”

博士一脸幸福的样子。

“你打算夹着尾巴逃吗？”

“才没这回事！应该是说迈向成功之路！”

然后深吸了一口气，说：

“我真是可耻，居然沉迷于赌球游戏，真是个失败的家伙啊！不过，我绝对不会让凶手逍遥法外。什么？哦，八月九日是宿命之日吗？我要到八月九日才会回来，歌川夫妇你们可要多加小心，房门锁最好用绳子牢牢拴住，饮食方面也要小心。还有啊，就算大白天也要避免单独行动，尽量结伴同行。总之，行事一切小心就对了。我想凶手可能见一个，杀一个吧！”

巨势博士掏出新领带，不由自主地嬉笑。

“为什么这时候要去旅行？”

被我这么一问，他回道：

“为了找寻物证。”

“证据不是在这里吗？”

“哈哈！这里没有。我发现凶手在时间与空间的联结方面出现了进退维谷的局面，而且还牵扯到心理层面，可惜缺乏物证，我就是为此而去旅行的。”

“那你晓得凶手是谁喽？”

“哈，这个嘛，应该八九不离十吧！可是怎么说呢，就时间与空间的公式而言，还没办法扭送凶手上法庭；不过要是真的找不到证据，就算只靠时间与空间的公式，还是会想办法将凶手绳之以法。我怎么会如此自暴自弃，小看自己呢！真是没用啊！”

巨势博士抱着头，这么说道。

“你打算去哪儿？”

“不一定，天下之大，哪儿都能去。也许一逞强，连水底也会钻吧！”

博士露出腼腆的笑容。

翌晨，因为要迎回秋子小姐的遗骨，早餐时间大家全到齐了。虽说全员到齐，但除去王仁、珠绪小姐、千草小姐、内海、秋子小姐这些去世之人，还有海老冢没出席，剩下的十二人，扣除巨势博士准备出门旅行，只剩十一人。

神山东洋问博士：

“巨势先生，听说你是为了找物证而去旅行，如何？已经找到什么线索了吗？我认为这次事件的高潮点在七月二十日，也就是加代子惨遭杀害那时，如果伏击土居大画家是凶手的借刀杀人之计的话，那么其的真正目标其实是加代子小姐，如此看来，凶手的犯案动机不就极为单纯了吗？”

巨势博士微笑，并未多作响应。

光一插嘴：“咦？拿我来借刀杀人？我居然被选为挡箭牌，真是不敢当啊！如果凶手想杀的是加代子小姐，动机称得上单纯吗？凶手到底是谁？说啊！我们的缺德大律师。”

“我哪知道啊！只是说动机单纯而已。”

“那么，宇津木小姐、王仁和内海的事又该如何解释？”

丹后冷笑似的说道。

“这个嘛，另当别论。”

神山律师模糊响应，无奈对手是个喜欢追根究底的文人。

“另当别论？什么意思？”丹后问道。

神山倒也镇定回应：

“总之，只能委托侦探解开谜团了。我想这七件命案大概可分为两大类，一是我们之中谁都有可能是凶手，以杀害王仁、珠绪和多门这三起为例，凶手都有机会将吗啡掺入糖罐，毒杀对象。第二，被害人均为特定对象，就千草、内海、加代子和宇津木这四起来说，某些人因为不可能是凶手，可以一一剔除；当然在座若有谁不服，欢迎反驳，由全体当陪审员来判断，如何？”

无人响应。神山东洋平心静气地继续说：

“首先是杀害千草一案。从火葬场回来的路上，只要是落单的人都有嫌疑。就算两三个人一起回来，但是像一马先生回来后又前往草林寺的三十分钟之间，因为没有不在场证明，所以无法免除嫌疑。丝毫没有嫌疑的巨势先生和人见先生一起回来，我则是与和尚、一马先生一组，如此看来，只有巨势先生、人见先生、和尚与我排除嫌疑。第一个回来的土居大画家和第二个回来的内海先生、一马先生、三宅先生、丹后先生以及矢代先生等五位，没有不在场证明。”

神山夫人见无人回应，赶紧插嘴：

“可是第一个回来的土居先生，和第二个回来的内海先生，不需要有什么不在场证明吧！毕竟走路也要时间啊！”

神山露出遇见知音的表情，点了点头说道：

“这倒是。前往三轮神社赴约的内海先生因为没看到千草小姐，只好回来，凶手可能趁这时杀害千草小姐。虽然推测千草小姐是被人用包巾蒙住双眼，予以勒毙，但也许过程没那么简单；也就是说，有可能因为对方是熟人，所以千草小姐答应玩蒙眼游戏，没想到却遭勒毙，这么一来，内海先生就很有嫌疑了。那时，土居大画家比内海先生早回来，照理说只有他能排除嫌疑，问题是土居大画家也是落单者，所以不能完全排除嫌疑。怎么说呢？我熟知这村落的地理环境，火葬场那儿不是要爬一段山路吗？从那里走个两三町有处隐秘地，沿着山谷有一条往三轮神社方向的便道，说是便道，其实是那种连樵夫都很少走，只能踏着低矮草丛前行的羊肠小道。经此便道可抵达三轮山，由此可走到歌川家后门，足足比走大路快上十分到十五分钟。正因为有此快捷方式，所以落单者全都无法排除嫌疑，不过土居大画家确实比内海先生早一点回来，所以能免除嫌疑，其他人可就没办法了。毕竟谁都能利用那个快捷方式犯案，可见还是一个问题。”

神山十分得意。

“我不是那种在别人身后说闲话的家伙，但有问题就是有问题，没办法忽略。根据诸井护士的证词，千草小姐是在六点左右出门幽会，当时没有其他目击者；也就是说，一直到五点左右，应该有人看到她才对，之后一小时如何就不得而知了。虽然诸井护士六点到八点有不在场证明，但是如果千草小姐其实在六点以前就遇害的话……”

原本意兴阑珊的众人，一时无法掩饰各自紧张的情绪。神山东洋无视当时的诡异氛围，一本正经地又说：

“就算是乡下小伙子犯的案，多少也会有什么伏笔、伪证、各种不合理的情事才是；总之，这起案件潜藏着惊人的诡计与内幕。”

兴致高昂的他转了个话题：

“再来是关于内海惨遭杀害一事，这就得以在二楼走廊闹事的土居大画家的位置来说明。照理说，凶手不可能在二楼，问题是土居先生喝得烂醉，因此凶手也有可能是在二楼。像是一马先生、巨势先生等，住得离土居先生较近的人，只要稍微露个脸便招来吼骂，但是像住得比较远的丹后先生，就算信步上个洗手间，土居先生也不见得会注意到，因为洗手间刚好和土居先生坐的地方是反方向。”

只见神山一脸得意地环视众人：

“丹后先生的对面住的是人见夫妇，隔壁住的是我，再来是三宅先生与宇津木小姐，对面隔一间空房住的是矢代先生，所以凶手看准只要假装上洗手间，就有机会下手这一点，况且喝得烂醉的土居先生是最好的掩护。”

群起骚动。善于炒作气氛的神山确实有一套，但他绝对还没洞察整起事件的真相。于是，我不太高兴地开口：

“照你的说法，好像我可以随时下楼杀死内海，问题是有人看到我上洗手间了吗？光一，你有看到吗？”

“别生气嘛！矢代先生。只是就单纯的可能性来说罢了。碰巧土居先生喝醉了，记不得当晚的事，我只是提出个人浅见。”

“所以啦！以光一喝醉一事，提出住在丹后之后房间的人嫌疑较大的这种说法，未免过于草率。一马和巨势博士也有可能去洗手间，当时无法走出房间的只有彩华夫人而已，不是吗？”

“真是的！看来我的推理有失误。原来如此，以丹后先生来划分的确不合理，毕竟一马先生与巨势先生也有可能去洗手间。问题是根据当晚的情况，离土居先生比较近的一马先生和巨势先生只要一开门，就会招来土居先生怒骂，虽然大画家喝醉了，完全记不得发生了什么事，但是在房内的我们听到他的吼声，应该很清楚发生了什么事，但是住得远一点的人，就不一定听得到吼骂声。”

这下子，众人似乎被说服了，可神山却又转移话题：

“接着是加代子遇害一事。虽然她和多门老爷同时被害，但情形并不同。先就多门老爷的命案来说，因为一点半到三点没人进出厨房，所以在座每个人都有机会将吗啡掺入糖罐。当时在客厅看书的加代子，极有可能目击凶手，不过让她看到也无妨，反正按照凶手的计划，她会和多门老爷同赴黄泉。”神山并未提及加代子成了光一的替死鬼一事，虽然光一一脸不耐烦的样子，但是却没有出声抱怨。

“加代子遇害是一大疑点。当时能在几分钟内迅速将毒药掺入糖罐的人，有在厨房的坪田夫妇、木曾乃、八重、海老家以及前往洗手间的彩华夫人、京子夫人、一马先生、矢代先生、巨势先生、三宅先生和我，其他还有和加代子调换咖啡杯的土居大画家，而且他的嫌疑最大，所以格外遭到怀疑也是理所当然。”

尽管光一扯着沙哑声音表达不满，神山还是不予理会：

“问题就在于破损的咖啡杯，只有常常拿取的坪田夫妇、八重、木曾乃能够分辨，其他人就算知道土居大画家用的是有缺口的杯子，也搞不清楚是哪个缺损。更重要的是，歌川家的咖啡杯全被土居大画家弄破了，所以新客人也只能和大画家一样用破杯子，如果凶手不晓得此事，是不可能犯案的。我认为凶手的目标是要杀害加代子，只是拿暗杀土居大画家一事当挡箭牌；况且目标是要杀害加代子，头号嫌疑犯就是调换杯子的土居先生，势必难脱嫌疑。再者，如果土居先生并非凶手，以他的咖啡掺有毒药一事来推测，凶手一定晓得加代子小姐的杯子有缺损，只是无法分辨是哪两只杯子有破损，这是一种情形。另一种情形是，凶手预测破损较少的杯子，也就是土居先生的咖啡杯会分配给加代子小姐使用，可是用人没注意，还是依例递给土居先生；不然就是凶手虽然预测加代子会用有缺损的杯子，却因为没时间一一查看，便将毒药随手丢入有破损的杯子，也就是忙中出错。我想，以上假设情形应该都能成立。总之，知道加代子会用到有缺损的咖啡杯，肯定是非常了解厨房的情况，甚至对于整个歌川家都很清楚的人。”

我耐不住心中怒火，脱口而出：

“按照神山的说法，凶手肯定是为了歌川家遗产而犯案喽？那么王仁、内海和宇津木小姐的惨案又该如何解释？如果犯罪动机是为了歌川家遗产，在座的十一个嫌疑犯恐怕不止一人吧！”

“也许吧！这几起命案的凶手究竟是同一人，还是不止一人？我想这问题无法立即判断，两种可能性都有。有可能依情形不同，凶手也不一样，由个别单一凶案串起这起连环杀人事件。这问题可挪后讨论，再来是宇津木小姐的案子。”

神山仿佛看穿凶手是谁，口气十分沉稳。

“前三天用完早餐后直到傍晚，有完全不在场证明的人有……不好意思，就是我们打台球的三人组，土居先生、巨势先生和我，三人为了争第一而拼得你死我活，连去小解一下，都有可能因为影响球赛而被臭骂；还有出席表演会的人见夫妇，他们也有确实的不在场证明。再来是前往N市的人，搭乘第二班车，也就是十点四十分前往N村的京子小姐、诸井护士、木曾乃等，这三人提早一个钟头出门，从十点四十分到十二点半一起坐在车上，因此推测命案发生的十点半到十一点这段时间，她们也有不在场证明。然后是前往F市亲戚家的一马先生也几乎可以排除嫌疑；这么看来，只剩下五人。”

神山有点不好意思地笑了笑。

“这说法还真是吓人啊！这么说，我是嫌疑犯喽！”

丹后弓彦原本睡意惺忪的眼，突然瞅着神山。

“我不是说了吗？我从山毛榉林那边走到大马路，搭上十点五十分的公交车吗？”

“话是没错，丹后先生。但是毫无时间观念的你恐怕也说不出个准确时间吧！请想想最近十年、十五年来，你是不是几乎不戴表出门呢？因此，丹后先生可能以为自己搭的是十点五十分的车，其实是十二点二十分的车。我之所以如此断言，当然有证据。我查访到有一个村民和丹后先生一起搭乘十二点二十分的车子，之后如丹后先生所言，他在市区闲逛一阵子才坐车回来，这些事“猎犬”警官也很清楚。那个人来侦讯我们之前，早就调查过了，只不过是来观察我们的反应罢了。心机还真是深啊！”

丹后沉默着没有回应。

“可能杀害宇津木小姐的嫌疑犯有丹后先生，以及一同前往温泉旅馆的矢代先生与彩华夫人，他们可能会利用那条便道，在极短的时间内杀害宇津木小姐。再来是三宅先生，他无法证明自己确实搭乘八月三日的首班车，就算他真的搭乘，也可能假装从N市回来，行凶后再折返，傍晚五点左右再若无其事地乘车回来。还有一人是海老冢医生，以上五人就是有可能涉及此案的嫌疑犯。”

神山笑着从怀里掏出记事本：

“其实我很爱管闲事，打从一开始就做笔记呢！现在重新比较一下这四起命案的嫌疑犯。

千草一案，土居大画家、内海先生、一马先生、矢代先生、三宅先生、丹后先生，不过诸井有可能作伪证。

内海一案，丹后先生、人见夫妇、神山夫妇、宇津木小姐、三宅先生、矢代夫妇，以及其他住在主屋的人。

加代子一案，土居大画家、坪田夫妇、神山夫妇、三宅先生、一马夫妇、矢代夫妇、巨势博士、海老冢医生。

宇津木一案，丹后先生、彩华夫人、矢代先生、三宅先生、海老冢医生。

如上所述，四起皆有涉案可能的是矢代先生。矢代夫人在最后的宇津木一案，有不在场证明。还有三宅先生，这两个是四起皆有可能涉案的人。可能涉及三起的有海老冢医生、丹后先生。好了，各位，这分析很奇妙，是吧？七起杀人案中，多门老爷、珠绪小姐和加代子小姐这三起的行凶动机有着明显的一贯性，而且相较于其他四起动机各异的案子，可以推敲出主要犯案模式，所以只要调查以上四起案件的共同嫌疑犯，便能找出与主要动机有关的嫌疑犯。”

这番说明令人印象深刻，引起了众人的兴趣。

“接下来才是重点。”

神山泰然自若地看着大家。

“这究竟意味着什么呢？第一道问题，这七起事件的动机各不相同，因此这会是不同凶手犯的案呢，还是同一人的一贯杀人计划呢？就常理而言，前者实在不太可能，毕竟个别进行的连续杀人计划，就算在艺术家的异常世界中，也不太可能发生。小说家大抵都是大犯罪家喽！以推理小说的模式来说，大侦探是大犯罪家的表与里，但并非如此吧！创作小说的小说家才是大犯罪家的表与里；但是侦探不一样，因为侦探不是创造者，而是发现者。如同矢代先生所言，巨势博士之所以没有写作天分，是因为他有成为大侦探的素质，这番话还真是真理。这番真理的反面意思就是身为文人雅士的各位都有成为大犯罪者的素质，律师也有，但当然比不上各位，毕竟他们的工作靠的是人脉喽！不过啊，巨势博士可是比我们这些平凡人来得厉害许多呢！我们这些平凡人既有成为犯罪者的素质，也有侦探的才能，而天才的巨势博士虽然没有半点侦探才能，却拥有彻底成为大犯罪者的素质喽！”

神山的笑既无奈又嘲讽，这家伙总是露出含有这两种意思的笑容。

“倘若这七起案件都是同一人所为，就是一贯性的杀人计划；那么，凶手是如何将毫无关联的杀人事件联结在一起的呢？这是重点。也就是说，凶手的企图究竟为何？是为了掩饰真正的杀人动机吗？究竟是哪一起案子，或是哪几起案子是凶手的真正目的，其他只是烟幕弹呢？还有，为何非得如此大费周章？只要厘清动机，便能揪出凶手。”

神山东洋的看法和巨势博士一样。

“动机究竟为何?”我问道。

“关于这问题啊……”神山又露出诡异的笑容。

“这里聚集了多名大犯罪家，哪轮得到我来说明犯案动机呢！只能说，最明显的动机肯定不是凶手的真正动机，最明显的利害关系，肯定不会表露凶手的真正目的。巨势博士，你以为呢?”

巨势博士并未回应。丹后倒是开口了：“神山点出四起案件的共同嫌疑犯中，只有矢代和三宅最有可能全都涉及，但实在看不出来谁是觊觎歌川家财产的嫌疑犯。但你说凶手可能有共犯，即便是单独行动，也有可能是两人到数人所为。居然能在警方的严密监视下，在短短不到半个月的时间内杀害七个人，怎么可能没有共犯呢!”

“您说的是。”神山点头表示同意。

“不过，就以一马夫妇来说好了。就算他们一起密谋犯案，可是内海遇害一事，两人是绝不可能联手犯案的。莫非除了他们，还有其他共犯?”

只见一马面带愠怒地说：“够了！我承认我就是头号嫌疑

犯，可以了吧？谁叫事情变成这样，我也无可奈何。对于什么可能涉嫌、嫌疑犯之类的，根本想都没想过，也毫无头绪。其实让我最在意、最不安的是‘八月九日’一事啊！到底是谁？有何企图？若我真的将于八月九日惨死，结果又会变得如何呢？”

说着说着，他的语气渐趋微弱，原先那股愤然气势全没了，取而代之的是因为不安与恐惧而扭曲的脸。

巨势博士瞄了一眼时钟，站起来：

“差不多该出发了。先失陪啦！我八月九日前一定会回来，各位请保重啊！不管怎么说，神山先生的那番推理让我听得出神……哇！快来不及了。”

向大家道别后，巨势博士便仓促离去了。

二十一、密会、拷问与拘提

我用过早餐后，前往旅馆。只见旅馆老板怯怯地问我：

“听说昨天又发生不得了的事。”

“哦，你听说啦？”

“昨天警察来过这里两次。”

“不会吧？”

一问之下，原来第一次是“猎犬”警官一行人，第二次是个身高近六英尺，活像相扑横纲力士的壮汉，应该是神山东洋。他边拿着手表计时，边从别墅的窗户走到溪边。其实那天早上巨势博士匆匆离去时，他也随后出门，肯定是前往N市调查木兵卫的不在场证明。真是多管闲事的家伙。不过，这家伙骨子里不是什么好东西，还是防着他比较好。

看样子，不晓得前因后果的老板因为见警察上门调查，就以为我是嫌疑犯。真是的！害我开始幻想自己难不成癫痫发作，在毫无知觉的情况下杀人？以至于毫无心思工作，满脑子不着边际地揣想到底谁是凶手诸如此类的问题。

神山东洋那天没回来，直到隔天晚餐时间还是不见人影。大家准备就座用餐时，惨白着脸，双目炯炯的海老冢医生突然现身。

他一跛一跛的，发出喀喀的脚步声，绕了大半圈餐桌，刚好停在我对面的木兵卫身旁。

“三宅木兵卫！你这个伪君子！”

海老冢大喝一声，突然伸出右手，像要朝木兵卫的侧脸刺过去似的指着他。姿势宛如棒球裁判般夸张，盛气凌人地像在表演耍枪。他的手势活像一把枪，指尖抵在木兵卫的耳下。

“伪君子！三宅木兵卫！”

他又大吼一声。

“八月三日星期天，你，三宅木兵卫在N市与诸井琴路幽会，前几天居然还敢骂我？装得一副正人君子的样子，还好意思骂妻子不贞，自己还不是和诸井琴路私通？你这个伪君子！三宅木兵卫，你说话啊！你这个伪君子！三宅木兵卫！”

这时，未绕经主屋，直接由外面开门进来的神山东洋走进饭厅。突然看到这一幕的他有些怔住，不一会儿又笑出声来。

“伪君子三宅木兵卫，哈哈哈！说得好啊！然后呢？海老冢医生，要不要我教你再说一句呀？真是可怜啊！与其说是他们私通，不如说是你被甩了吧！哈哈哈！”

海老冢被神山东洋旁若无人的样子吓住，并未多问什么，只是抓住三宅的手，斜睨着说：

“你说话啊！伪君子三宅木兵卫！”

此时，玄关那头传来声音。“猎犬”警官一行人蜂拥而入。

海老冢一看到警官，便指着木兵卫说：

“各位！你们看！三宅木兵卫这个伪君子！装得一副正人君子的样子，还敢数落别人，大骂妻子不贞，这个伪君子和诸井琴路私通！”

一派正义凛然的海老冢指着木兵卫，这么说着。警官却走近他的左右两侧，架住他的双手。

“你们干什么！放开我！听到没?！你们看！他才是伪君子，戴着面具的伪君子！”

“狗鼻子”与南川友一郎巡警从旁架住海老冢，个头矮小的他活像被吊了起来。

“猎犬”警官走向前：“海老冢医生，抱歉，你得跟我们回局里一趟。”

被架住双手的海老冢拼命踢着双脚：“你们是睡傻了吗?!坐在那里的三宅木兵卫才是欺世之徒、伪君子啊！你们这群猪脑袋!”

“海老冢医生，警方不能对伪君子怎么样，只有佛祖和耶稣基督才管得着。”

“猎犬”警官笑了笑，说：“真是可悲啊！先不管伪君子，我们得先逮捕你这个犯下伤害罪的嫌犯。你拷问诸井琴路护士，弄得她全身满是烫伤和刀伤，奄奄一息。现在依法逮捕现行犯海老冢晃二。”

海老冢就这样被两名警官架走了。

“不好意思，惊动各位了。”

“猎犬”警官正要离去时，我追问道：

“这到底是怎么回事?”

“哎！真是胡来！今晚海老冢看完门诊后，随即将诊所大门反锁，剥光诸井护士的衣物，用火钳和手术刀对她进行严刑拷问，结果逼问出诸井和三宅木的丑事，所以他才跑来这里大闹。幸亏诊所附近的住户听到惨叫声，赶紧报警，我们立刻前往海老冢的诊所。他可真是个不折不扣的狂人啊！当时的情景实在太骇人了？诸井的皮肉焦黑，地上满是血，头发被揪得乱七八糟。总之，遇到坏医生就跟遇见凶手没两样，这是‘书呆子’刑警问过的几名护士对他的感受。只能说，手术刀下的诸井还能捡回一条命，算是幸运啦！”

“所以他是这一连串命案的凶手喽？”我问。

“还无法断定，必须进一步调查才知道。”

“猎犬”警官说完便离去了。

总算落座的神山东洋开口：“方才还真是吓人呢！一进到饭厅就听到他大吼：‘三宅木兵卫！你这个伪君子！’害我一时怔住了！我这两天前往N市调查伪君子三宅木兵卫的事，可是和诸井琴路的说辞有些出入。八月三日和诸井护士幽会的人，其实是隔壁村的暴发户老头，那天三宅先生和海老冢医生分别在不同旅馆等待诸井小姐，结果惨遭诸井爽约。之后面对严刑拷问，诸井还是不肯说实话，只供出三宅先生而已。诸井小姐还真是冷静聪明啊！这种人倒是颇具大犯罪家的素质。”

木兵卫不发一语。原来如此，不知从何时开始，他就格外憎恶海老冢，不难理解他和诸井护士确实有着暧昧关系，看来他也是个心机深沉的醋坛子，猜忌心又重的变态。

“听说你也去了一趟温泉旅馆调查我的不在场证明，是吧？看来你调查过每个人喽？”我问神山东洋。

“嗯，是啊！身为律师的我天生就对这种事很敏感吧！我也去了一趟F市调查，一马先生确实有不在场证明，丹后先生可没有，因为他确实是搭十二点二十分那班车，公交车司机还记得丹后先生突然跑出来，像在游泳似的用力挥手呢！不过啊，三宅先生，姑且不论你和诸井小姐的事，其实你并没有搭上首班车，没错吧？”

神山直瞅着木兵卫，木兵卫不予理会，也不回应。

“海老冢医生怀疑诸井小姐和三宅先生过从甚密，他的怀疑是有根据的，因为三宅先生并未搭上首班车，而是搭十二点四十分那一班，也就是和海老冢医生搭同班车前往N市。三宅先生于七点半出门，到十二点四十分为止，应该是待在村子里的某处地方。”

木兵卫还是没吭声，也不回应。他神情淡定，只是面色有些苍白，略显疲累的他低着头，仿佛听不见任何人说话。

丹后语带挑衅地说：

“神山，又没人拜托你做这些事，当侦探这么好玩啊？”

神山东洋依旧神情从容。

“哈哈！生活在这种接二连三发生命案的地方，多少也会被激发出探案之心的！不这么想的人才奇怪呢！”

那天晚上，大家准备就寝时，“狗鼻子”与南川友一郎巡警分别站在二楼的两侧楼梯口，这是奉昨晚“猎犬”警官之命。

一马向“狗鼻子”说：“真是辛苦您了。但我想应该也没这个必要吧！”

“啊？什么意思？”

“海老冢医生不是已经被拘留了吗？”

“嗯，是没错。”

“应该不用再劳烦两位蹲守吧！”

“我们奉上级之令，必须一直守到八月九日。”

看来海老冢被捕一事，让一马松了口气。

二十二、“八月九日宿命之日”

八月八日晚上，巨势博士还没回来。午夜过后，约定的八月九日就要到来，饭厅有“鬼点子”女警严密看守着。

虽然大家齐聚饭厅，但是“狗鼻子”和“书呆子”依旧在满是空房的走廊两端蹲守。

晚餐时，“猎犬”警官也列席：

“八月八日晚上八点，是吧？全都是数字八呢！就像战争一触即发后，逐渐蔓延开来。对警方而言，这种牵连甚多的案子最伤脑筋了。这起案件便是如此，但是到目前为止，我们警方的表现可真是叫人汗颜。”

这时，总部来电。讲完电话的“猎犬”警官对大家说：

“真是伤脑筋啊！听说海老冢医生居然大闹总部的拘留室，说什么今晚这里会闹得腥风血雨，全是神的旨意；那个人的魂魄今晚会来这里，也许现在就躲在某个角落。还有住进县立医院的诸井琴路，情况不太乐观，随时都有生命危险。当然不能让她就这样惨死，所以医院正全力抢救中。听说她的意志力可是天下罕见的惊人呢！即使陷入昏迷，还是拼命靠着意志力撑着，一直喃喃呻吟。”

这起事件果然还没结束。我瞅了一马一眼，他似乎又不安起来。

今天要替多门老爷和加代子小姐办法事，明天则是宿命之日。也就是梶子夫人的周年忌日，依惯例要举行隆重的法事，可是因为发生连续杀人事件，为顾及与会者的心情，也怕引起无谓事端，决定延至明年举行，而且只请法师来诵经。

神山对“猎犬”警官说：

“是哟！那个护士还真是个大犯罪家呢！被她那凶恶的双眼一瞪，真的很不舒服。对了，八月九日真的会发生什么事吗？”

“要是能确定就好办了。可惜我们没有海老冢医生的神力和心思啊！对了，神山先生也进行了严密的调查，还真是令人叹服。有任何意见，还请尽管说。”

“我只想问一件事，根据解剖结果可以推断行凶时间，是吧？准确吗？”

“我想应该蛮准确的，但不敢打包票就是了。幸好这次七起命案的尸体很快被发现，虽然最晚的是宇津木小姐，但也不过死后十二小时，所以我想应该还蛮准确的。虽然就警方的立场而言，也没办法百分之百保证。”

“千草小姐的眼睛被蒙住，是怎么个蒙法呢？”

“这个嘛，用的是千草小姐的深蓝色包巾，对折成三角形，从前额往后脑勺打结，正面三角巾垂至胸前，然后将绳子套在垂于胸前的三角巾，将其勒毙。”

“这代表凶手应该是千草小姐熟识的人，以玩捉迷藏游戏为借口，骗她蒙眼，予以勒毙。我这看法应该合理吧？”

“如您所言，我们也是如此认为，不过也有可能是她自己蒙住眼。”

“什么意思？玩捉迷藏时，被真正的凶手给勒死了吗？”

光一贸然插嘴。

神山笑了出来。

“你该不会曾和年轻小姐特地跑到三轮山上玩捉迷藏吧？”

“哎呀、哎呀！搞不好哟！我开玩笑的啦！”

光一神情认真地说：“千草这丑女和驼子诗人应该不是来真的吧？他俩真的感情好到会亲亲抱抱了吗？我看比较可能是在玩捉迷藏吧！内海先生躲起来，然后真正的凶手出现，勒死千草小姐。如何？就算是想象，也挺艺术，挺有临场感吧！如果什么事都能这么捏造的话，那么杀人就能当作艺术鉴赏了。”

“猎犬”警官也笑着说：“真是服了你。艺术家的直觉和想象还真是充满神力呢！搞不好真相就是如此。对了，还有一件事想借助各位的艺术神力，那就是关于第一起命案，也就是望月先生的案子，尸体陈尸的床底下遗留了一个彩华夫人室内鞋上的铃铛，依各位所见，这又该如何解释呢？”

“这个嘛……警官，就是那个嘛！不是很明显吗？”

光一双眼闪亮，吼道。

彩华夫人则是陷入恐惧，双眼圆睁，看着警官。

“嫁入歌川家之后，我从来没有进过望月先生住的那个房间。”

“嗯，这只狐狸果然狡猾。”光一突然冒出这句话。

“别再狡辩啦！还真是敢说啊！什么叫自从嫁入歌川家，从没踏进那个房间，少唬人啦！又不是土耳其或印度女人的闺房，不过区区两栋房子，住个十人就满啦！一步登天的人不知道天下之大，才会说这种白痴话。这么一丁点大的家，充其量就是个回教后宫厨师午睡的小房间嘛！还有讨人厌的蚊子，一整晚轮流到每个房间吸血，别把人当白痴耍！”

彩华夫人那美丽的双眼中充满了愤怒。她瞪着光一。

警官似乎想调停，点点头说：“就像夫人所说的，那个铃铛确实不是夫人在那里掉落的，因为床下还有用望月先生的上衣擦拭过的痕迹呢！铃铛就掉在那上头。”

换神山东洋发言：“这个谜可真是奇妙呢！难不成凶手故意留个彩华夫人的铃铛在现场？”

“也许吧！不过铃铛归铃铛，为何还要刻意擦拭床下呢？以各位的神力能否解答？”

没人答得出来。“猎犬”警官倒是颇有耐性地等了一会儿，可惜还是无人响应。

“还有一件事，此事虽与神力无关，但也想请教各位。不过，这问题有些失礼。只是情况非比寻常，还请各位认真回答。如各位所知，这次事件一再和幽会有关，可说是其一大特点，好比宇津木小姐前往三轮山一事，推测可能也与幽会有关。若真是幽会的话，那对方是谁呢？不是在场的人也无所谓，若是哪位能给些意见，感激不尽。”

“我想可能是这样吧！她不太像是那种会跑到深山闲逛的

人，其实这问题没什么好失礼的，刚好让警官先生见识一下崇高的人性本质。宇津木小姐是个贤惠、爱欲深沉，能令人打从心底疼爱、尊敬的女人。居然杀了这么一个敢爱敢恨的美人，凶手真是可恨。像她那种女人不可能是幽会对象杀害的，为何这么说呢？因为过不了多久，她就会移情别恋喽！她是那种看似执着深情，其实并不会给人添麻烦的女人。”

“哈哈！”神山忍俊不禁，笑了出来。

“真不愧是土居大画家啊！能如此深刻描述自己的心境。可是啊，男人杀害女人，并不只是因为女人太过痴情、死缠烂打，也可能是女人无法接受你的爱。就像土居大画家说的，她过不了多久就会移情别恋，这才是引发杀机的最大原因，不是吗？世上因此而丢命的男女可多着呢！土居先生只顾自己的感受，还真是不够体贴。”

“不是的！我揣摩的是当事人的心境，所以才说不会杀了她啦！”

“搞不好土居先生就是那个当事人呢！”

神山东洋咯咯笑着。

“但令人匪夷所思的是，为什么要跑去深山树林中幽会呢？直接到男人的房间不就得啦！”

“这个嘛，大概是因为最近戒备森严，四处都有警察埋伏的缘故吧！我可没说她是去哪个人的房间哦！真是罪过啊！问题是，她真的是去幽会吗？有切实的证据吗？”

“猎犬”警官被神山这么一问，有些尴尬地回答道：

“其实我们在宇津木小姐的皮包里，找到几件幽会用的东西，像宇津木小姐这样的成熟女性，幽会时都会随身携带吧！”

“这就是淑女的癖好。对她而言，天下再也没有比那个更重要啦！看来警官还真是不了解人的劣根性。”

“哎呀！真是不好意思。”

“猎犬”警官非但没生气，还微笑着向光一行了个礼。

餐毕，大家走向客厅。

客厅中央的柱子上贴着一张纸。

“咦？那是什么啊？”丹后先发现。

“不会吧?！又出现了。八月九日就是宿命日？应该是刚刚才贴的吧！”

丹后一派轻松，其他人却惊愕不已。

脸色骤变的一马盯着字条，一动也不动。海老冢遭逮捕，本应该让他安心不少。难不成海老冢的魂魄真的化成火球，滚进来贴上这张纸，然后躲在暗处屏息静待？

我突然发现“猎犬”警官正用锐利的眼神扫视每个人，仿佛要将人生吞了一般。

【附记】

依照惯例，这回也要向大家征求答案。

如每回所述，巨势博士并非由大家不晓得的线索中推测凶手，不过各位还无从得知他从旅行地找回什么证据而已。博士的确是以各位都知道的线索推测凶手，至于他揪出真凶的证据，只能说，巨势博士掌握到的，各位也能得手。

关于答案，不能只写出凶手的名字哟！一定要写出能起诉至法庭的推理过程才行。长篇大论当然可以，但还请力求简单扼要。

我老是在附记中自吹自擂，真是不好意思。只是想提供一些知识性娱乐，创造一个能让各位在无趣的生活中，还能放松个几天、几小时，喘口气，消遣一下的礼物；让各位挥别愁眉苦脸的枯燥日子，回到游戏时的纯真，只是基于这么一点心意罢了。

还请不吝赐教，发表您的高见与推理。我绝非存心要让各位丢脸，所以请安心参与这次的游戏。

当然，如果有人和巨势博士的推理一模一样，无疑是作者的一大失败。比起创作者，发现者更须具备卓越才能，所以能详细写出满分答案的人，肯定是日本第一名探。我之所以如此奉承，是因为也许这种天才连一个也没有！哈哈哈！我想各位应该明白我的意思吧！

好了，作者拙劣的演技告一段落，期待各位的完美演出。

坂口安吾

二十三、最后的悲剧

那一天晚上，警方的戒备更加森严。

我一走上别墅楼梯，便瞧见“书呆子”刑警站在我的房间前面，“狗鼻子”则站在一马夫妇的房门前，各站在走廊的两端监视每个房间。

“猎犬”警官和南川巡警在楼下准备了紧急逃生梯，勘查庭院环境。

“鬼点子”女警负责四处巡逻，在楼上、走廊来回巡视，如果有谁要上洗手间，由她负责护送；就连女佣送来醒酒用的白开水，她也会先试喝。

只见“狗鼻子”突然夺走杯子，神情愤愤地说：“我来！”

“你干吗啊？”

“我来试毒。”

“狗鼻子”张大嘴，喝了一口。

“哎呀！真是的。”

“鬼点子”女警吃惊地看着“狗鼻子”，感激地说：

“哎哟！你还真是体贴呢！这么替我着想，真令人感动。既然如此，那我就委屈一点，嫁给你吧！”

“狗鼻子”一脸不悦地瞪她，吼道：“你疯啦！我可是有妇之夫！”

“拜托！有老婆又怎样？我也可以当你老婆啊！我最讨厌口是心非的男人了。大享齐人之福不好吗？很多人都是这样啊！我可以给你一半幸福哦！”

“有很多人这样吗？”

“说你笨，还真是笨！谈恋爱这种事，只要掏一半的心就行啦！所以我会给你一半的爱。”

“嗯？是这样吗？”

“其实你很开心吧？来，亲一个。”

“鬼点子”女警这么说，在“狗鼻子”脸上亲了一下，只见他顿时全身酥麻。看来“鬼点子”女警已经昏了头。

“今晚多美好啊！不如今年秋天，我们在东京办个有河豚料理的婚宴好了。反正你有积蓄嘛!”

“你都不会觉得难为情吗?”

“好啦！不然我请你吃河豚料理吧!”

还真是一段莫名其妙的展开，看来连妖怪、杀人魔也羞得不敢在这时现身吧。

约莫凌晨四点，从他们站岗的对面房间，即一马和彩华夫人的房间里传来刺耳的尖叫声。

接着响起一阵激烈打斗和重物摔落声，不久又恢复了平静。

虽然警察试图开门，房门却上了锁。

“喂！你们两个留在这里!”

“狗鼻子”飞奔下楼，架起事先准备好的梯子，和“猎犬”警官合力从外头击破窗户，爬进屋内。

没开灯的房间里十分昏暗，两人赶紧打开手电筒。

发现有人倒在床边。彩华夫人袒胸仰躺着，一马则是趴伏在她身上。

“不要破坏现场！赶快开灯！找一张椅子过来!”

奉“猎犬”警官之命，“狗鼻子”赶紧开灯。

扶起一马后，发现他已经断气了。桌上放着一杯水，白色粉末四散，似乎是氰酸钾。

彩华夫人的嘴角有血痕。他们将一马先放在一旁，试着叫醒彩华夫人，只见她缓缓地睁开眼。

“您还好吗？”

夫人并未回应，只是愣愣地看着前方，看来似乎回复了意识。彩华夫人的眼底浮现悲痛的神色，勉强转了一下脖子，两人赶紧将她轻轻扶起。彩华夫人惊恐地不住发抖，给她喝了些水后，稍微处理一下伤口，看来只是因为一时紧张咬破了舌头，没什么严重外伤。

彩华夫人稍微整理一下衣襟，凝视躺在旁边的一马，发出微弱的悲鸣声。

“到底发生了什么事？请您回想一下。”“猎犬”警官直视着夫人，等着她回答。夫人也回以锐利的眼神，望着“猎犬”警官。

“你们是什么时候进来的？”

“刚才进来的，因为听到房间内传出奇怪的声响，所以从外头破窗而入。到底发生了什么事？”

彩华夫人抱起一马的尸体，靠在自己的膝上。已经成了冰冷遗体的一马，和彩华夫人看起来就像在祷告似的。“猎犬”

警官瞅着面前的光景，摇摇头。夫人空虚的眼神总算稍微有了一点反应；过了一会儿，她才放下一马的尸体，扶着床缓缓起身。只见她像是在思索什么似的，伫立了一会儿，才从床边走向桌子，再走向椅子，然后挨着东西慢慢地走向窗边。从破碎的窗口吹入一阵阵凉风，或许多少能让她心绪平静些。

东方微露鱼肚白，彩华夫人回到床边坐下。

“当时灯开着吗？”

“没有，我们冲进来时才开的。”

彩华夫人点了点头。

“无论我几点醒来，灯总是亮着。我先生一直坐在桌前，不晓得在想什么。那时我忽然醒来，房间里却一片昏暗，突然有人压着我，我吓得拼命挣扎时，听到我先生说‘是我’之后，突然松手。那时，感受到一股强烈的杀气，不知如何是好的我赶紧坐起来，没想到我先生竟然温柔地抱住我，对我说：‘我想死……我们一起死吧！我已经不行了……’”

“猎犬”警官点点头，催促彩华夫人继续说下去。

“我怔住了。问他到底怎么了，但他只是‘嗯、嗯’的含糊响应；忽然又紧抱住我，掐住我的脖子，于是我就这样昏过去了。之后什么也不记得了。”

“猎犬”警官点头，说道：“请您再仔细回想，你先生还有说些什么吗?”

彩华夫人思忖片刻后，摇了摇头。

“他说他想死，已经不行了。应该是指警方已经怀疑他，再也逃不了的意思吧!”“猎犬”警官说道。

“不！不是的!”彩华夫人斩钉截铁地反驳，“不是这样！他指示说他已经撑不下去而已。我先生昨晚回房后，就显得心神不宁，好像被别人威胁了似的，坐立难安。我想应该是因为看到贴在柱子上的那张字条吧！因为他一直觉得凶手就是海老冢医生，所以当他被捕时，我先生着实松了口气。可见那张字条带给他极大的打击，不安与恐惧迫使他无法入睡。每次醒来都看到他坐在桌前，不知在想什么。”

“猎犬”警官点点头后，重新检视一遍一马的遗体。脸部和双手有彩华夫人抵抗而留下的抓痕，身上穿的睡衣皱巴巴的，胸前纽扣敞开。

“看来经过一番激斗。”勘验完后，“猎犬”警官说，“幸好你昏了过去，不然要是再继续抵抗下去，搞不好就没命了。看来他是看到你失去意识后，才寻短见的。”

“为什么?”

“可悲啊！你先生就是这一连串惨剧的真凶。其实警方早就掌握了，只是苦无证据，无法逮捕他。”

“我不信！昨晚大家到饭厅用餐时，柱子上并没有字条。记得那时我还随意瞄了柱子一眼，所以绝对错不了。况且我们是一起走进饭厅的，直到用完餐都没有离开过位子一步。”

“这倒是。”“猎犬”警官点头，似乎颇伤神似的说，“其实那张字条是我们贴的。八月九日对凶手而言是宿命之日，这个讽刺之意应该只有凶手自己才知道。”

一脸错愕的彩华夫人望着露出得意神色的“猎犬”警官。一旁的“狗鼻子”奉命打开门。

约十点半，从总部赶来的鉴识课一行人抵达，巨势博士也于十一点多赶回来。歌川家就这样断了香火，没想到竟是如此出乎意料的结局。当大家茫然聚集于客厅时，巨势博士冲了进来。

“想说能不能追上警车，结果还是失败了，看来我这阵子还真是缺乏运动。”他一边喘气，一边这么说道。此时，“猎犬”警官一行人刚好下楼。

“哟！巨势先生，你回来啦！可惜晚了一步啊！悲剧在你不在的时候落幕了。”

“落幕？难不成歌川先生遇害？”

“不，歌川一马是自杀。”

巨势博士脸色骤变，露出虚脱似的苦闷神情。

“没想到还是晚了一步。我真是个笨蛋！竟然还不眠不休地赶来，啊！这真是我一辈子的失误！”

巨势博士满是绝望、懊悔与痛苦。“猎犬”警官见状，忍不住笑了出来。

“看来你好像挺拼命的嘛！还不眠不休呢！真是替你感到可惜。不过我们也是熬了一整夜，总之事情总算告一段落了。”

巨势博士怒气冲天地吼道：“可恶！你逃不了的！啊，可惜晚了一步！但这也是没办法的事。看着好了！我一定会揭穿你的真面目！”

“揭穿谁的真面目啊？”

“当然是凶手。”

“歌川一马已经自杀啦！”

“猎犬”警官以轻松的口吻说道。但巨势博士却不以为然。

“歌川先生是服毒自杀吗？”

“是的，氰酸钾。”

“有留下遗书吗？”

“没有，可是听说他一整晚不知在写什么，又涂又改的，根本没办法判读。也许他是在写遗书吧！这是我们鉴识课调查的结果。”

巨势博士点头，说道："我想他应该会留下遗书，因为他早就料到会发生这起惨事。虽然表面上是自杀，其实是一桩谋杀，打从第一起命案发生，也就是望月王仁遇害后，凶手就已经谋划要让歌川先生以自杀的形式结束生命。"

听到巨势博士这番说辞，"猎犬"警官整个人都呆掉了。

"总之，我们去别的地方谈吧！我来说明这个可恶杀人魔的花招。"

巨势博士正说着，只见一行人勉强跟在博士身后，离开了客厅。

二十四、凶手现形？

午餐时分，巨势博士与警官并未现身。大伙快用完餐时，“鬼点子”女警过来通知上头下了一道禁足令。桌上餐具收拾干净后，就连南云夫妇、下枝小姐和坪田夫妇等相关人士也都鱼贯入座，警官与巨势博士等人也现身，十几名穿着制服的警察沿着墙壁一字排开，巨势博士则是坐在餐桌的主位。

一脸沉痛的巨势博士，沉默片刻才缓缓开口：

“凶手还真是个通情达理的风流鬼啊！看来他一直拖到我快回来才动手，为什么呢？因为不必像杀害千草、内海那么紧急，这最后一道程序早在杀死第一个遇害者王仁时，就已经准备好了，随时都能下手。我就是太依赖凶手的自信，才会发生如此无可挽回的悲剧。八月九日这一宿命之日，因为那张字条的出现，让凶手逮着机会，顺利地完成了最后一道工序。”

神山东洋插嘴：“我们已经听够流言蜚语，真是受够了。一马先生到底是自杀还是他杀？你就说个明白吧！”

“确实是他杀。”

“哈！那就怪了。凶手是谁？”

巨势并未立即回应，凝视神山东洋有好一会儿，才说：

“神山先生，前几天你以正确的观察力，推测了几种可能性，可否请你就第四起命案，也就是内海惨遭杀害一事，再说明一遍呢？”

“这样啊！如各位所知，那晚土居大画家在彩华夫人的门口咆哮……你是指之后的事吗？”

“不是，在那之前大家用完餐后，齐聚客厅。忘了是九点几分，由良婆婆和诸井小姐一起过来，询问大家有没有看到千草小姐，结果诸井小姐说了令人意外之事，她说千草小姐外出幽会，为什么她会知道呢？因为千草小姐给她看了某个男人写给她的字条，而这张字条是那个男人委托彩华夫人交给她的。诸井小姐说她还看到字条上男人的署名，当我们问她那男人是谁时，她却表示无可奉告，然后……”

巨势博士说明至此，拜托神山接着说。

“等等，我应该清楚地记下来过。”

神山打开记事本，接着继续说。

“之后海老冢先生突然大吼一声‘混蛋’，便扬长而去，接着是土居大画家和彩华夫人起了激烈冲突。”

“引发冲突的原因呢?”

“这就不太清楚了。因为我没记下来。八成是为了什么鸡毛蒜皮的事吧!”

巨势博士点点头，说：“这就是重点。如同神山先生并未记下来，也没有任何具体理由，只是一场无聊的口角之争。起因是海老冢先生吼了声‘混蛋’后离去，土居大画家嘲讽地说‘这里宛如情色温柔乡、淫窟’，彩华夫人非常气愤，便回骂他是流氓，叫他滚回东京，于是两人爆发口角……”

博士再次拜托神山接着说，神山点了点头。

“没错，就是这样。不知是不是土居大画家的脾气过于火暴，只见他开始发酒疯，扑向彩华夫人，还紧揪住她，结果夫人的衣服还被扯破。大家费了九牛二虎之力才拉开他们，结果两个人又缠斗在一起，正当大家不知所措时，土居先生突然追打彩华夫人，从饭厅一直追到昏暗的庭院。大伙只好赶紧追上去，制伏了土居先生，躺在松树荫下的彩华夫人才得以脱困。原以为就此告一段落，没想到夫人突然逃进自己的房间，迅速锁门。土居先生就这样赖在夫人的房门前咆哮，一直闹到十二点半；而且只要有谁靠近，他就对谁不客气，内海就是在这段时间惨遭毒手的，因为土居先生的无赖行径，让住在二楼的人全都有不在场证明，为什么呢？因为无法避开土居先生的视线到楼下杀人。问题是，土居先生喝得烂醉，完全记不得那天晚上发生什么事，自然也不晓得是谁下楼杀害内海先生，这不是很妙吗？”

“那么，绝对不可能下楼行凶的人有谁？”

“当然是彩华夫人和土居大画家喽！”

巨势博士点点头，目光炯炯地环视众人。

“各位，这起杀人事件恐怕是十个月前就已经计划好的，或许其中一个凶手曾乔装来此旅行，勘查到一条通往三轮山的快捷便道，然后展开极为缜密的杀人计划。也就是说，凶手在今年春天曾留过一阵胡子，利用那段时间来此旅行，将这一带地理环境摸个清楚。如此周密的计划，却因为横生枝节，不得不临时策划几起杀人计划。凶手原本就是个思虑缜密的人，当然也会预想一些突发状况，才能轻而易举地解决掉千草小姐；但他也发现自己出了意想不到的失误，这也就是为什么凶手非得趁那天晚上收拾掉内海先生的理由。既然一切都在预定计划之中，对于突发状况当然也有应变之策。虽然巧妙地执行计划，商讨对策，但难免会有所疏失，造成自己陷入进退维谷的窘境。不可否认，这真的是个天才才能想出的杀人计划，就算结集日本一流的心理学家，也不见得能察觉那不合理的反应，我也是后来才发现的。”

巨势博士惋惜似的叹气。

“恐怕留在凶手心里的疙瘩，是这起事件的唯一破绽。杀害内海一事对凶手而言，事关危急，也可说是决定成败的关键。那么，唯一的破绽究竟为何呢？说明犯案经过时自然会带出，我还是先说出凶手是谁吧！”

众人十分紧张，骚动不已。因为巨势博士的态度十分平静，气氛马上沉静下来。只见博士面向神山，说：

“刚才神山先生说过，最不可能杀死内海的人是谁？”

“彩华夫人和土居大画家。”

巨势博士点头。

“是的，土居大画家是最不可能的，为什么呢？因为他一直站在同一个位置咆哮不停，而且他站的位置可以看到每一扇门，可说是绝佳的监视位置，要是哪个人敢探头出来，肯定会遭到土居先生攻击。为什么呢？这是因为他必须将各位关在房间里，好让某人能趁隙收拾掉内海先生；也就是说，土居先生不但替自己制造了不在场证明，同时也负起监视各位的重责。于是，彩华夫人在土居先生巧妙的掩护下，偷偷下楼刺杀内海先生后回房。因为有土居先生的掩护，彩华夫人得以从容清洗凶器，清洗沾满血的手脚，然后神不知鬼不觉地回房。然后，隔天早上假装要叫内海先生起床，发现惨案。换句话说，她可借此说明为何那房间留有她的指纹。完成计划后，彩华夫人将沾血的衣物藏到别墅以外的房间，也可能她当时只穿着内裤去杀害内海先生，或是一丝不挂地下楼执行杀人计划。总之，两人的聪明才智全赌在那千钧一发之际。”

光一冷笑了起来：

“名侦探先生，你倒是说说看，什么是不合理的心理反应啊！大侦探，这可是杀了八条人命的凶手耶！不是什么闹剧还是落语①之类的娱乐节目，少在这里妄加揣测，有种就拿出证据啊！”

巨势博士不为所动，还是十分镇定，轻轻点头：

“关于凶手的不合理反应，待会儿自然会说明。我先从第一起命案开始说明，当歌川一马与彩华夫人重逢，积极追求她

① 落语，类似中国的单口相声。

时，土居先生和彩华夫人便因为觊觎歌川家的庞大家产而假离婚，然后彩华夫人主动向一马先生表示好感；也就是说，这起杀人案早在婚前就计划好了。土居先生假装和彩华夫人大吵分手，还死皮赖脸地索求分手费，于是一场杀人计划就此揭幕。表面上，土居先生的恶劣行径是导致夫妇分道扬镳的原因，也是进行这起杀人计划的重要道具之一。”

“真是愚蠢至极！难不成依名侦探说的，感情不好就是共犯的证据吗？有本事就拿出具体实证啊！”

巨势博士依旧淡定，不为所动。

“彩华夫人去年秋天与一马先生结婚后，便开始探查歌川家的事，好比梶子夫人横死的谣言、加代子母亲的死、珠绪堕胎的事情等，一一告诉土居先生。土居先生收集好这些情报信息后，便乔装来此，仔细勘查周遭的地理环境，事先布局。首先，彩华夫人怂恿珠绪小姐邀请望月王仁、丹后弓彦以及内海明来山庄做客；然后又写了一封以梶子夫人离奇死因为内容的要挟信给一马先生，借此邀请三宅和矢代夫妇前来。再按原定计划，邀请土居先生、神山夫妇和我。只要有神山先生和土居先生这两个不速之客，自然能营造许多意外。之所以指名我这个业余侦探来，是为了替这场犯罪计划加料；如此一来，土居先生这个不速之客的出现就不会显得突兀，这一切安排都暗藏诡计。我完全不认识土居先生和彩华夫人，搞不好夫人只是在餐桌上闲聊时，偶然听闻我这个人，便决定在计划中加上我这个素昧平生的业余侦探，这下子两人的计划就完成了。到此，所有的角色如预期中全部到齐，事不宜迟，第一天便依照计划开始作案了。”

虽然从我的位子角度看不太清楚彩华夫人的表情，不过可以想象，这时的她一定露出一副正在倾听的专注神情，宛如无邪少女。

二十五、致命失误

巨势博士继续说：

“之所以在土居先生抵达当天犯案，是因为这么做对于刚嫁来歌川家不久的彩华夫人来说，无疑是最有利的。”因为彩华夫人拒绝与憎恶的土居先生住在同一层楼，所以安排他住楼下的日式房间，这也是进行周密计划的关键之一。他们先计划杀害望月先生，也就是先让他服下安眠药，再刺杀。毕竟异性关系复杂的王仁先生是个孔武有力的壮汉，所以为了以防万一，还是先迷昏他比较保险；但是若只是迷昏他，恐怕彩华夫人会遭到怀疑，因此决定先迷昏他，再刺杀。于是，他们将安眠药掺入牛扁汁，这是第一个失误，而且没想到这个失误竟成了致命伤，导致他们非得杀了千草和内海不可，也迫使他们陷入窘境。”

光一依旧一副事不关己的样子。

“再来是熬煮牛扁汁时，彩华夫人在厨房做肉饼，当时在场的人有坪田夫妇、前来帮厨的宇津木小姐，以及千草小姐。只有彩华夫人离大伙儿比较远，独自站在另一头做肉饼，其他人则是聚集在另一头熬煮牛扁汁。那时依照他们原来的计划是，土居大画家先捉来一条一英尺长的青蛇，让它溜过饭厅窗下，然后他再热闹登场，说要捉那条生吞鸡的蛇当晚餐。果然一如计划，大伙纷纷探头望向窗外，土居先生假意说要帮喜欢蛇的坪田先生一起捉蛇，然后彩华夫人趁乱将安眠药掺入牛扁汁，但是他们忽略了对于土居先生的卖力演出十分嗤之以鼻的千草小姐，这个‘程咬金’的存在，为此计划留下了最致命的破绽。也就是说，迫使他们陷入必须杀害千草和内海的窘境。”

“千草小姐亲眼目睹彩华夫人将安眠药掺入牛扁汁了吗？”神山东洋狐疑地问道。

“她没有亲眼看到。那时，千草小姐以为凶手是珠绪小姐。

因为她一直认为是珠绪小姐趁冷却的牛扁汁倒入玻璃瓶时，顺手下药。其实早在牛扁汁倒入瓶子之前，就已经将药掺入壶里了。后来珠绪小姐遇害，千草小姐突然想起一件事。对于土居大画家英勇捉蛇一事十分不以为然的她，想起当时彩华夫人站在厨房的另一头；也就是说，能在牛扁汁里动手脚的人，除了珠绪小姐之外，就是彩华夫人。当千草小姐得知珠绪小姐惨遭勒毙时，一直坚信凶手就是珠绪小姐的她深感错愕，大喊：'怎么可能？这到底是怎么回事？'脑子里一片混乱，凶手遂发现非得除掉千草小姐不可。”

巨势博士平静地继续说：

“在说明千草小姐惨遭杀害的始末之前，得先回到王仁一案。那天凌晨一点左右，宇津木小姐夜访王仁先生的房间，发现房门上锁，这时她想起自己的房间内放着王仁先生托管的钥匙；当然，那时土居先生就躲在王仁先生的房间里，应该是彩华夫人按照计划，偷了客房的备用钥匙后，藏在土居先生那里。于是，土居先生用钥匙反锁房门。可正要实施杀人计划时，因宇津木小姐突然跑来，情急之下只好躲进床下，待宇津木小姐离去后，土居先生便朝王仁先生的心脏一刀刺下，然后擦去匕首上的指纹，再用王仁的上衣清理床底下的灰尘，这么做是因为怕留在灰尘上的足迹会暴露其身高。土居先生清理完后，再故意留下彩华夫人拖鞋上的一个铃铛。这是罕见的高智商犯罪手法，那个刻意遗留的铃铛就是为了日后让歌川一马先生看起来是自杀而准备的东西。”

就连一向冷静的巨势博士，也露出一丝感动的神情；纵使感动的意义不一样，那种感动也与欣赏艺术创作时的感动相似。

“如各位所知，那天晚上彩华夫人睡在一马先生的房间，一马先生直到凌晨三点左右都在伏案工作。爱妻一直在他面前熟睡，也就是说，当晚唯一有不在场证明的人就是彩华夫人，况且她的不在场证明还是由丈夫亲口证实，警方也就不疑有他。就某种意义而言，这个不在场证明不见得能成立。然而，这世上只有一马先生对彩华夫人的不在场证明深信不疑，但是王仁先生的房间里却留有夫人的铃铛，而且是放在经过擦拭的地方，绝非之前掉落的，可见一定是凶手刻意放置的。那么，到底是谁害彩华夫人有嫌疑呢？问题是，有不在场证明的彩华夫人绝对不可能是凶手，至少对一马先生来说，这是毋庸置疑的事实；就算彩华夫人被视为嫌疑犯，他也绝对不信，因这种绝对的信赖早在第一桩惨案时，便被巧妙地设置妥当，同时也是为最后一幕做了准备，也就是让一马先生被误以为是自杀的精心设计。为什么呢？因为当一马先生怀疑所有的人，只相信彩华夫人时，才能在毫无戒心的状况下，喝下夫人准备的饮料。一马先生以为夫人劝他喝的氰酸钾是助眠药。于是一如预定计划，一马先生惨遭毒杀。”

“你为何不事先警告一马先生呢？”

面对神山东洋的质疑，巨势博士一脸痛苦地解释说：

“我是天底下最蠢的混蛋。虽然早料到就算给他忠告，一马也不会怀疑自己最爱的人，但都怪我太相信凶手，相信他们一定会等我回来才动手。没想到凶手看到昨晚那张写着‘八月九日宿命之日’的字条，以为是我搞的鬼，认为我可能会赶回来；没想到那张字条竟然是平野警官贴的！我不是在抱怨，这也不是平野警官的错，全是因为我失算了。”

巨势博士就这样脸色黯然地沉默了良久。

二十六、死命苦斗

巨势博士抬起头，继续说：

“第二个受害者是珠绪小姐，行凶手法非常简单。珠绪小姐那天喝得酩酊大醉，痛苦地吐了一番后，沉沉睡去。她的房间本来就是下手行凶的最佳位置，因此执行起来十分轻松。土居大画家偷偷潜入她的房内，用熨斗的电线勒毙珠绪小姐后，关灯离去。至于为何会有吗啡之类的东西散落，也许是因为考虑到有海老冢和诸井护士这类不按常理出牌的人，为了扩大嫌疑范围而故意遗留的；不过真正用意为何，只有凶手自己最清楚。好了，到此为止还算顺利，问题就出在千草小姐得知珠绪小姐惨死，错愕不已，遂怀疑安眠药是彩华夫人下的，所以非得铲除千草小姐不可，而且此事刻不容缓。”

博士显得十分亢奋，看来进入整起事件的高潮。光一依旧一声不吭，彩华夫人也如无邪少女般，只是静默地听着。

“那天下午预定为王仁先生举行火葬仪式，土居大画家和彩华夫人应该已经商量好，该怎么除掉千草小姐。首先，由彩华夫人伪造一封内海先生写的邀约字条，然后假装受内海先生之托，交给千草小姐。为了加强此事的真实性，在一行人送棺时，彩华夫人还特意与内海先生并肩走至门外，护送棺木离去。可是夫人大概做梦也想不到千草小姐居然把字条拿给别人看。美女谈恋爱大抵都很低调，丑女却喜欢张扬夸耀，就连一向精明的彩华夫人也没料到千草小姐是这种性格，也料不到她会使出这一招。”

我对这样的真相半信半疑，因为实在很难相信彩华夫人就是凶手，总觉得一切都是巨势博士的恶作剧，幻想他会突然直指别人才是真凶。

“大伙儿在火葬场诵完经，完成仪式后，准备打道回府，那时是六点零六分；那封捏造的密会字条写着晚上六点半到七点于三轮神社碰面，那时土居大画家应该早就想好各种对策，碰巧看到载尸体用的大八车准备空车回去，于是灵机一动，巧言劝说内海先生坐上大八车，自己在后面推，加上两个年轻小伙子，随即以飞快速度登上山径，消失在我们眼前。一进入山谷后，土居先生便不再帮忙推车，只见他走快捷便道以飞快速度跑去找在三轮神社等待的千草小姐，告知内海先生不久就会过来，怂恿她不如玩个捉迷藏游戏，我想大概是这样的情形吧！于是土居先生勒毙被蒙住双眼的千草小姐，然后翻找她的皮包，拿走那张捏造的密会字条，前后恐怕只花了五分钟。

后来，他刻意让大八车先行通过，并抢先内海先生一步回来。内海先生在满是碎石子的陡坡前下车，因为驼背加上脚不太方便的关系，只能走走停停，费了一段时间才走过满是碎石的陡坡。这期间，土居先生早就第一个回到歌川家，他表面上好像是第一次来这里，况且也才刚到第三天，当然不会有人怀疑他利用快捷便道犯案，这肯定也是周密计划的一环。轻而易举地除掉千草小姐后，照理说，两个凶手应该已经脱离危机，没想到还有个晴天霹雳等在后头，那就是千草小姐将密会字条拿给诸井护士看了——这一计划之外的插曲。”

巨势博士的说明逐渐逼近事件的核心，我又瞄了一眼光一，光一还是一副事不关己的样子，仿佛在听他人之事一般，露出不以为然的神情。

“那天晚上大概是九点多，由良婆婆和诸井护士来到客厅，诸井护士说千草小姐六点左右出去幽会，还给她看过那张字条，当然知道那男的是谁。听闻此事的土居大画家和彩华夫人简直错愕到了极点，没料到如此周密的计划竟然有破绽。当时诸井小姐还不晓得千草小姐遇害，也因为有所顾忌，所以没说出那男的是谁；要是她知道发生凶案，肯定会说出来的，这么一来，就会暴露那张字条是彩华夫人交给千草小姐的，也会查出是谁捏造的，那么整件事情就会曝光；所以为了以防万一，得先杀了内海先生或诸井护士，就情况而论，杀死内海比较容易；虽然诸井护士在客厅时，并未说出千草小姐和谁幽会，但也可能泄露给谁，或是写在日记里。因此，除了趁那晚收拾掉内海先生之外，别无他法。

总之，这是刻不容缓的事，也没时间犹豫了。他们必须立即商量如何除掉内海先生。或许他们为了应付各种突发状况，早就想好对策。于是，他们假装爆发那场无谓的争执，然后彩华夫人跑到没半个人在的屋外，土居先生追上去揪住她，直到其他人追过来制止前，他们假装争吵，其实是在商量对策。也就是说，那番激烈缠斗对他们而言，还有当时目击一切的我们来说，绝对是一场死命的逼真演出。”

那场搏斗的确让所有的人都深信不疑。彩华夫人真的是凶手吗？总觉得巨势博士所言全是玩笑话，真凶另有其人。即便不说出真凶也不打紧。该如何相信彩华夫人就是真凶呢？我想，大部分人的心情都和我一样吧。

巨势博士并未顾念我们的困惑，继续说：

“两人演出了一场巧妙的肉搏战，彩华夫人如脱兔般逃出屋外，土居大画家随即追出去；待我们赶到时，他们已经讨论好该如何除去内海，方法如前所述，土居大画家不停地在夫人的房门前咆哮，一副谁敢靠近一步就给谁好看的凶恶模样，其实这么做是为了替自己制造不在场证明，同时负责监视众人。于是，彩华夫人在他的掩护下，下楼到起居室拿了匕首，杀害内海先生，这方法可真巧妙啊！表面上水火不容的两人，私下却是紧密合作的共犯；看在大家眼里，彩华夫人是最没嫌疑的，何况以神山先生的推理来看，也得出他们俩绝不是嫌犯的结论。思虑深沉又灵巧的彩华夫人，为了因应那晚的突发状况，早就有所准备，故意让大家相信她平常就有反锁房门的习惯，因此遇到紧急状况，会下意识逃回自己的房间也是寻常之事。再者，自从土居先生来到这里后，一直睡在一马先生房间里的彩华夫人若不事先这么做，便无法说明发生紧急状况时，为何会逃回自己的房间。

我一开始也觉得如此迅速反锁房门一事挺诡异的，后来从矢代先生和其他人口中得知，个性有些迷糊的夫人平时就会不小心反锁房门，更觉得事有蹊跷，也更笃定这绝对是一起经过长时间细密计划的犯罪事件；但是再怎么缜密的犯罪，也有百密一疏的时候，因为严重的疏失迫使他们没有多余的时间思考，所以就连这两个犯罪高手也不自觉地流露出不合理的心理反应。”

二十七、不合理的心理反应

巨势博士从方才就不断提及“不合理的心理反应”。“心理”这词对我们文人而言，就像一种商品，但我还是丈二和尚摸不着头脑，幸好有博士为我们说明。巨势博士继续说：

“在座各位恐怕都是日本一流的心理专家，皆是历练丰富之人，却没人发现这个破绽；并非各位的反应不够敏捷，而是这两个凶手的演技实在太好，让人完全不会起疑。容我自以为是地补充一个理由，那就是大家都上了凶手的当，盲目相信眼睛看到的一切；也就是说，不疑有他，相信他们并不知情，这便是疏忽‘不合理的心理反应’的证据。”

自比我懦弱的都市人，从不认为自己有多厉害的巨势博士，似乎对于自己方才的大言不惭有些不好意思。

“突如其来的危机，迫使他们当机立断出招，那就是互挑对方的语病，爆发口角，演出一场突如其来的全武行，彩华夫人甚至被打得逃到屋外，演技可谓一流。但请各位回想那天晚上，客厅里只有我、人见先生、矢代先生、三宅先生、一马先生和神山先生等一干男人，大家肯定都会站在夫人这边，为了保护夫人而和土居先生对抗。看到彩华夫人遭受土居先生暴力相向时，人见先生、矢代先生和神山先生奋勇与土居抗争，替夫人解围，是吧？那天晚上事发突然，瞬间夫人被殴打推倒，大伙儿见状赶紧上前制伏土居先生，拼命将他架离。

就在大家以为争执就此结束时，没想到他们又你一言、我一句地吵起来，土居先生再度扑向彩华夫人，只见夫人一个翻身，如脱兔似的逃到屋外。各位，这就是我所说的‘不合理的心理反应’，为何这么说呢？因为能保护夫人的勇士几乎全都在屋内，但屋外什么都没有，没有任何人能帮助她；就算逃往主屋，那边不是体弱多病的老人，就是年迈的老仆，根本帮不上忙，更何况村落人家和派出所远在一里外，若是走在不熟悉的夜路上，遇上拦路强盗，为了逃离魔爪只好逃向暗处，这样的盲目反应还算自然；但是那天晚上明明大家都是站在彩华夫人这边，她却逃离能够保护她的人们，往什么也没有的屋外跑去，请问这种反应合理吗？不是自寻死路吗？明明在我们面前被揍被推，甚至连衣服都破了，膝盖也流血，却逃离能保护她的人，一股脑地往昏暗的外头跑；就一般人的反应来说，未免太不合理啦！足见她有着无论如何，非得这么做的理由。”

巨势博士停顿片刻，也许发现众人对他行注目礼，有些不好意思吧，赶紧继续说：

“我也被他们那巧妙的演技骗了。当天没发现哪里不对劲，直到隔天早上发现内海先生惨死，才心生疑窦。之后过了一个礼拜，歌川多门和加代子小姐被下毒的那晚，我想大家应该还记忆犹新。当晚，平野警官立即展开侦讯，彩华夫人直指土居大画家是凶手，还说他擅于耍弄魔术，于是土居先生若无其事地夹起一旁的棋子，当众表演一套称为黑白梦幻恋之卷的戏法；表演完后，两人又起争执，土居先生以自己不知何时也会遭毒害为由，直嚷着要回东京，彩华夫人旋即怒斥他是下毒杀人的凶手，那时我就觉得他们的争执过于夸张，不太对劲。后来我才恍然大悟，内海惨遭杀害那晚，两人也是因为无聊口角而引发一场激烈的争执，而且明明那天晚上，他们敌对的激烈程度不下于追打到外头的那晚，土居先生却没有气愤地扑向彩华夫人，这到底是怎么回事呢？当我这么想时，开始意识到那场打斗着实暗藏玄机，加上彩华夫人冲向屋外，那种‘不合理的心理反应’更加让我的想法确定了。于是，他们的完美演技终于被我识破，无奈为时已晚；太过巧妙的演技，不就等于精妙的计划吗？”

光一依旧沉默，也许沉默才是最自然的反应。虽说是不合理的心理反应，但总觉得还欠缺绝对的说服力。我们的思绪和光一的平静神情，形成奇妙的调和，呈现一种奇怪、暂时性的痴呆状态。

巨势博士又说：

“再来是关于第五起多门与加代子遭毒杀的事件。多门老爷方面，是由彩华夫人将吗啡掺入多门专用的糖罐里，再将糖加入布丁；毕竟若是直接将吗啡加入布丁，会让彩华夫人蒙受嫌疑，所以必须先将吗啡掺入糖罐，装作彩华夫人在不知情的状况下掺入，所以这是一招别具用意的诡计；况且这一招执行起来既简单又轻松，夫人不须费什么苦心，至于如何杀害加代子一事，可就比较棘手了。多亏土居先生连日来的胡闹，打破将近一打的咖啡杯，造成杯子不够用，不得已凑和着用破损的杯子，于是他们利用这一点，在一马生日那天杀害加代子，同时也除掉了多门老爷。

因为加代子小姐平常不太会来饭厅用餐，况且在身份上她还是女佣，地位自然无法与受邀宾客相提并论，用的当然是缺损较为严重的咖啡杯；土居大画家便是利用这一点，将咖啡杯对调，然后运用他擅长的指间魔术，神不知鬼不觉地将毒药加入加代子的咖啡中。为了让这招妙计成功，必须营造其他人的咖啡杯也可能遭到下毒的假象，这项工作就由彩华夫人负责。于是，夫人斟酌情形，请矢代夫人陪她上洗手间，然后看到咖啡杯端至客厅后，她再慌忙奔进饭厅，谎称从洗手间窗户看到庭院有可疑的人影；于是一马先生和矢代先生便邀我一同前往探个究竟。大家看到我们离开后，也跟着离开客厅，后来便三三两两顺便上洗手间。

如凶手预期，用完餐后必须有几个人留在现场。那时神山先生和三宅先生前往洗手间，就这样设定成五六个人有机会对放在客厅茶几上的咖啡杯下毒的情形。待这些配角配合演出完毕后，土居先生只要再施展一下指间妙计便大功告成了。也就是巧妙地将毒药投入后，再用点伎俩将加代子小姐的杯子调换，他再假装怒气冲天地咆哮有人要杀他，彩华夫人也作势直指土居才是头号嫌疑犯，又道出他善用手指变魔术一事，两人发挥演双簧的精湛演技。

到此，他们的杀人计划已大半完成，只剩最后的主要目标，那就是一马先生。但是这期间必须投下一颗营造不连续杀人事件的石子，于是他们挑了宇津木小姐，将她推落瀑布溺毙。如先前所述，我在多门和加代子惨遭毒手后，终于悟出事情的脉络，也就是借由‘不合理的心理反应’，得以推敲出整起事件的全貌，可惜还缺少物证。问题是，除了待在现场监视之外，别无他法。我以为只要盯好土居先生，便能发现下一起事件的端倪；幸好神山先生与土居先生每天沉迷于台球赌博，于是我也赌上一点，加入战局。没想到直觉错误，成了一大误判；内海被杀一事是突发状况，因为是由彩华夫人持刀冒险执行的一场高风险计划，所以我深信这是个例外。

基于不连续行凶的原则，最后杀害一马的计划理当不会由彩华夫人出手，所以我只要盯紧土居先生，必定能掌握他们下次出手的时机，可惜我的轻率推测却被彻底推翻。土居先生密邀宇津木小姐于三轮山的瀑布那边幽会；另一方面，彩华夫人那天去了温泉旅馆泡澡，然后回途中利用土居先生杀死千草小姐时，走的那条快捷便道赶往瀑布那边。装作若无其事的她和在那儿等待的宇津木小姐并肩散步，再出其不意地将她推入潭水，然后装作刚泡完澡的样子，循着快捷便道回到原来的山路，也就是从山毛榉林那里走回宅邸。”

二十八、最终铁证

真是精湛无比的推理，不连续杀人事件的真相已经揭露，巨势博士的种种说明也令我口服心服；但是光一依旧一脸漠然，彩华夫人也露出少女般无邪的神情听着，丝毫未见竭力反驳，厚颜无耻的嘴脸。我们佩服巨势博士巨细靡遗的推理，却也被两个凶手的异常冷静慑服。

这两种力量形成一种微妙的平衡感，但总觉得少了些什么。巨势博士欠缺的最后一击，就是让凶手俯首认罪的证据。

博士似乎无视这样的微妙氛围，平静地说：

“再来是最后的惨剧，海老冢医生和诸井护士无疑是两个凶手的一大助力，而且还是意外之外的角色。不过也很难说就是了，因为连当家主人一马先生都是在父亲惨死后，才由片仓老人口中得知海老冢医生是多门老爷的孙子，可见凶手并不一定知道，所以这号意料之外的人物出现，有极大的利用价值；倘若海老冢没有发狂，便无法担任让一马成为嫌疑犯的重要角色。不知该说幸还是不幸，海老冢医生因为凌虐诸井护士而遭到拘留，反而促使最后一招诡计得以实行，也就是让一马先生畏罪自杀，结束这一切。虽然我还没看到一马先生被毒杀的现场，但光听警方描述，便知道这幕惨剧和我十天前预测的差不多，也证明我到目前为止的推理都很正确，所以接下去的推测应该也错不了。

一马先生八成心烦气躁，夜不成眠，陷入极度不安，为什么呢？因为贴在柱子上的那张字条，让深信海老冢就是凶手，以为从此就能脱离苦海，重回安稳生活的他恐惧不已。真令人同情啊！恐怕就是因为这样，才会毫无戒心地喝下彩华夫人声称是安眠药的饮料。一马先生喝下那杯氰酸钾，就这样死了。但凶手担心这样还不足以构成自杀的原因，所以夫人假装遭一马先生粗暴对待，让警方不疑有他。彩华夫人刻意咬破舌头，谎称一马在发狂状况下嚷着‘我不行了’，历经十个月的犯罪计划就这样巧妙地画下句号。”

一派镇定的光一并未提出任何质疑，但看得出来他十分不以为然。

不过，巨势博士当然得挑战凶手，给予最后的致命一击。他仍以那一贯平静的声音，向凶手下最后的战帖。

“我去了趟东京。彩华夫人婚后每个月一定会去东京一两次，虽然一马先生会陪同，但他们不见得会一起行动。她和土居先生考虑到书信往来太危险，所以都是约出来见面，毕竟想要彻底执行这项完美的杀人计划，势必得事前碰个几次面，商量细节才行；因此，趁彩华夫人每次去东京，两人就约好在某处见面。

一马夫妇每次去东京都会借住在坪田夫妇家；我从坪田夫妇口中得知彩华夫人都是单独出门，直到晚上才回来，从来没有在外留宿过。由此可见，他们密会的地方一定是在东京或邻近的城市，于是我拿着土居先生和彩华夫人的照片回东京，加洗好几张，拜托三十位好友帮忙打探。我们从东京开始，包括横滨、浦和、大宫、千叶一直到八王子，彻底搜查所有的酒店、旅馆和餐厅，终于确定距离市中心不远处的一间酒馆就是他们密会的地方。他们每个月一定会去那间酒馆一两次，在那里闲适地消磨大半天。我同事会陪那间酒馆的老板娘和女服务生来这里，他们预计搭今早由东京发车的首班车，约傍晚五点抵达。”

巨势博士从口袋中掏出一张字条。

“这是我刚收到的电报，上面写着他们已经出发了。”

博士将电报摊放在茶几上，平静地念着：

“蝉丸的老板娘和女服务生，如预定搭乘首班车出发。”

“蝉丸，蝉丸，就是这间酒馆的店名。”巨势博士喃喃道。

光一依旧镇定，泰然自若。

此时，从墙边传来碰撞声，好几名刑警连忙冲上前，只见彩华夫人坐的椅子倒在地上，夫人起身，紧揪着胸口，摇摇晃晃地又倒下去。刑警来不及扶她，只见全身瘫软的彩华夫人在地上匍匐了两三下后，便动也不动了。

站在一群警察中的医生赶紧趋前察看，虽然好几个人轮流对夫人施以人工呼吸，可惜还是无法起死回生。

我冷不防瞅了光一一眼，五名警察分站在他左右、身后，牢牢地扣住他的双手。光一站了起来，隔着桌子凝视倒在地上的彩华夫人，恐怕只能看到夫人的部分身形吧。

光一神情严肃地对“猎犬”警官说：“让我过去彩华身旁。”

“猎犬”警官面露难色，低着头没有回应。

“警官大人，你没听到吗？我要去她身旁。难道还不明白吗？这代表我已经坦承认罪。”

“猎犬”警官点点头，答应了光一的要求。

“那么，请他们松手，至少给我最后的自由。”只见光一甩开警察的手，缓缓地绕着桌子走向另一边，当他经过巨势博士身旁时，还轻抚着博士的头，说：“真有你的，侦探小子。我很欣赏你哦！”一派老大哥的口吻，随即跪在彩华夫人的遗体旁。

他执起彩华夫人的手，凝视那死去的面容良久，才缓缓抬起头，无奈地说：“你实在太傻了。何必寻死呢？就算酒馆老板娘和女服务生真的来了，也不能证明什么啊！难道你就这么信不过我吗？居然提前投降。现在再也无法挽回什么了。自杀等于承认自己就是凶手，你明白吗？因为爱你，所以你最深爱的丈夫光一也将追随你而去。阿门。”

光一怜惜地抚着彩华夫人的手，轻轻地吻着，持续了好长一段时间，这是凶恶的光一表达内心最深沉、最哀伤的模样。

光一放下夫人的手，踉跄地倒了下去，画下了人生的句号。

【后记】

推断光一和彩华为共犯的人，一共有八人。其中片冈、秋元、庄司与酒井的推论和巨势博士完全一样，而且推论出的各种杀人手法也丝毫不差。像是为了杀害内海，两人非得演出全武行的推理也完全正确。倘若硬要挑剔的话，只有故意放置铃铛一事，是为了营造一马自杀的假象，还有彩华夫人刻意逃出屋外的不合理反应，这两点没有识破而已。

尤其片冈氏对于细节部分的描述极为缜密，丝毫不差，比其他三人略略胜出，因此冠军给了他，其实三人的实力难分轩轾。

至于第三名的田中氏，虽然对于杀害千草与内海的必要性与手法有着精辟的推论，但对于其他杀人过程的描述就不是那么正确了。有些地方不太合理，相较于前面四人，稍嫌逊色了点，对于细节的描述也不够详尽。

第四名的村田、新井，还有我口中的“猪鼻子”大井广介侦探，虽然猜对凶手，但关于细节的叙述却错误连连，丝毫未让作者甘拜下风。不过，这几人确实猜中凶手，因此还是致以敬意。

大井广介侦探的论点是以谋夺遗产为出发点，似乎过于拘泥于一般推理小说的公式化动机，无法从每种具体事实进行推论，所以细部解释杂乱无章，充其量只是猜对凶手而已。

竟然有四名读者，连每一处细节部分都和巨势博士推论得几乎一样；坦白说，身为作者的我实在很欣慰，重点不在于推理小说一脉公式等问题，而是推理小说情节的合理性。

不合理的扭曲人性，或是合理解释不合理的行为，实在不妥当。个人认为不仅日本，全世界百分之九十九的推理小说，不，百分之九十九点九都不合理。

大部分猜错凶手的答案都是利用消除法，毕竟推理小说不同于现实世界，倘若登场人物有三十个人，那么凶手一定是在这三十个人之中；虽说消除法是最方便有效的方法，但若只用消除法，肯定猜不到真凶。

也就是说，推理小说中的诡计，对于只会用消除法的读者而言，是一种肯定会失败的设计。因为使用消除法，会先将具有完美不在场证明的人物剔除，可是搞不好这个人就是凶手，这便是一种诡计，也是推理小说值得玩味之处。但以往的推理小说往往将此诡计描写得违背常理，扭曲人性，丑化不合理的行为与心态；而且不管是作者还是读者，都对这样的诡计囫囵吞枣，不疑有他。

当年我念中学时，读了佐藤春夫的短篇小说，感佩不已。虽然已经忘了书名，但还记得我的那本书是被某个同学弄丢的。后来听某位心理专家的友人说，原来弄丢书的那个人带着那本书上洗手间，后来下楼时，忘了那本书还放在墙梁上，就这样走掉了。就像有人如厕时，常常忘了带走书一样，待他上完洗手间才猛然想起，无奈那本书已经不见了。

个人认为所谓犯罪心理的合理性，便是以此种人性为出发点。因为喜欢阅读推理小说，期许自己能写出一部以不违背人性及合理性为基准，发展出一场辞藻华丽的大格局杀人事件；有纠葛复杂的缉凶过程，完全符合人性的推理小说，而教导我推理小说必须符合人性的良师，便是前述那本佐藤春夫的短篇小说。

基于此，完全答对的四名读者，无疑是让我达成目的的佐证，所以真的倍感欣喜。如雪片般纷至的投书中，第一个答对的就是长野的秋元氏，因为他的推论完全正确，让我不免心头一惊。没想到后来又看了三封，第三封是高知县庄司氏的正确推论，心想完了，大事不妙，莫非答对的人有五六十人之多。运气一向不怎么好的我才看了三分之一的读者来信，没想到竟然全都答对，着实令人胆战心惊。

其中最经典的答案，莫过于森川信一剧团演员木田三千夫的推论，简直是空前绝后的想象力。他的观点可说是现代推理小说未曾触及的着眼点，直指作者要害的论点。他以下枝被召到歌川家帮佣为着眼点来推论，下枝这个少有的美少女去歌川家负责服侍多门老爷；闲来无聊的她随手翻阅书架上古今东西的推理小说，竟不知不觉唤醒她的杀人魔天性，于是她日夜思索如何制造一场噬血惨剧，终于架构出这起不连续杀人事件的脚本，进而付诸实行。木田先生竟然想出如此古典优美的故事。

这是作者我的虚心妙作，对于热烈参与活动的诸位读者，谨致上最诚挚的谢意。

坂口安吾

附录　坂口安吾文学年谱

1906年（明治三十九年）/1岁

10月20日，出生于新潟县新潟市西大畑町28番户（现新潟市中央区西大畑町579号），在父亲仁一郎的十三个子女中排行第十二，上有四兄（二人早夭）七姊，下有一妹。由于出生于丙午年，又是第五子，故得名“炳五”。

1911年（明治四十四年）/6岁

进入西堀幼儿园就读，但厌恶刻板的幼儿园生活，时常逃学，漫无目的地闲逛于陌生的街道。是年起，母亲的歇斯底里症状加重。

1913 年（大正二年）/8 岁

进入新潟寻常高等小学就读，被称作正义感强烈的孩子王。通过读书，对猿飞佐助的忍术、马庭念流的剑术产生强烈兴趣，暗自研究忍术的修炼方法。

1917 年（大正六年）/12 岁

由于母亲爱吃蛤蜊，于暴风雨中下海捉蛤，没有获得任何感谢，反而遭到严厉训斥。

1919 年（大正八年）/14 岁

进入新潟县立新潟中学就读，在同学的推荐下开始阅读芥川龙之介、谷崎润一郎的作品。

1921 年（大正十年）/16 岁

近视加重，成绩下滑，频繁逃学，最终留级。同时对教师、高年级学生及学校的军事化管理表现出强烈的反抗态度。汉文教师对其极为不满，称："你配不上'炳五'这个名字，既然你看不清自己，以后就叫‘暗吾’吧。”同学中开始流传“Ango”的称呼。

1922年（大正十一年）/17岁

成功进入三年级，但逃学习性不改，终因成绩过差及打架事件等，被迫转入东京的丰山中学，与父亲、兄嫂等共同居住。在自传体小说《何处去》中，有一段逸话：“新潟中学三年级的夏天，我被开除了学籍。那时，我在课桌掀盖的背面刻下了一段装模作样的文字：余将成为伟大的落伍者，有朝一日重现于历史之中。”而在晚年的访谈中则改口称，刻下文字的位置是“柔道馆的板窗”。

在丰山中学就读期间，开始对宗教、哲学产生兴趣；喜读石川啄木、北原白秋的短歌，并尝试创作。逃学猖獗，依然如故。

1923年（大正十二年）/18岁

对佛教兴趣日益加深，并开始接触巴尔扎克等西方作家的作品。

初次尝试文学翻译。据自传体小说《风、光与二十岁的我》：“他（一名拳击手同学）让我翻译了一篇拳击题材的小说，以他的名义发表在《新青年》上，题目叫《人心收揽术》。那其实是我的译文。他本来说‘稿费一张三块钱，分你一半’，后来支支吾吾找借口，一个子儿也没给我。”

是年，父亲仁一郎病逝。

1924 年（大正十三年）/19 岁

尝试创作戏曲，未能完成。对文学怀有憧憬，但没有创作的自信。投身于田径等体育运动，获得优异成绩。

1925 年（大正十四年）/20 岁

自丰山中学毕业，成为荏原寻常高等小学下北泽分校的教员，教授五年级学生。进一步接触芥川龙之介、谷崎润一郎、正宗白鸟、佐藤春夫的作品，西方作家中尤喜契诃夫。

与同乡文学青年伴纯相熟，前往山中小屋，打算隐居一夏，旋因不堪条件艰苦而作罢。

1926 年（昭和元年）/21 岁

对佛教的向往日益强烈，辞去教员一职，进入东洋大学，专攻印度哲学。在学期间大量阅读佛教及哲学相关书籍，每日仅睡四个小时。

1927年（昭和二年）/22岁

由于长期睡眠不足，陷入神经衰弱。期末考试期间遭遇车祸，头部撞在水泥地上，头盖骨出现裂纹，此后开始出现抑郁症状。开始学习梵语、巴利语。

得知芥川龙之介自杀，深感震惊。

参与东洋大学罢课事件。

1928年（昭和三年）/23岁

进入Athénée Français[①]初等科就读，专攻法语。远离东洋大学罢课纷争。产生颓废派倾向。

这段时期初次尝试创作小说。据自传体小说《小山羊的记录》："我写下了第一篇小说。当时并不是希望成为小说家，只是读了契诃夫的某个短篇，情绪激动难以平息，于是自己也试着创作，用了一个晚上，写出那么一篇。现在情节都忘光了，只记得主人公是位老人。小说本身未必多好，当时带给我的只是一种快感：纵笔如飞，行云流水，一个晚上笔记本写得满满当当。"

---

① Athénée Français，日本著名语言学校，法国人Joseph Cotte于1913年创办，位于东京都千代田区。主要教授法语、拉丁语、希腊语等，许多知名文人曾在此学习。

1929 年（昭和四年）/24 岁

在 Athénée Français 升为中等科，嗜读法国作家莫里哀、伏尔泰、博马舍。产生前往法国留学的念头，终因担心精神不稳定而作罢。

1930 年（昭和五年）/25 岁

在 Athénée Français 升为高等科，东洋大学毕业。在报纸上看到某酒馆招聘经理，认为酒馆经理不需要强颜欢笑，不会因表情僵硬而被上司训斥，属于适合自己的工作，瞒着家人偷偷前往应聘；于面试中发现完全不能胜任，主动要回简历，狼狈离开。

与葛卷义敏（芥川龙之介外甥，于 Athénée Français 相识）、长岛萃等共同创办同人杂志《语言》，并于创刊号发表翻译文章《关于普鲁斯特的速写》。

1931 年（昭和六年）/26 岁

处女作《寒风中的酒窖》发表于《语言》第二号。葛卷义敏因整理芥川遗稿，与出版社岩波书店合作密切，在葛卷的努力下，《语言》改名《青马》，由岩波书店创刊。

《风博士》发表于《青马》创刊号，获小说家牧野信一高度评价，自此登上文坛，并与牧野保持密切来往。受牧野之邀，于杂志《文科》连载长篇小说《竹林之家》。

1932年（昭和七年）/27岁

二月，于《文艺春秋》发表《蝉》。

三月，于《青马》第五号发表《论FARCE》。《青马》停刊。

对创作方向感到迷惘，决定走上“小说家”而非“诗人”的道路，从而与牧野产生意见分歧。

与酒吧“温莎”的女招待坂本睦子关系暧昧，以此为契机，与同样追求睦子的中原中也相识，结下深厚友谊。

于“温莎”结识女作家矢田津世子。

1933年（昭和八年）/28岁

二月，于《文艺春秋》杂志发表《小房间》。

三月，与矢田津世子关系急剧升温。与矢田一道受邀，加入半同人杂志《樱花》。

六月，由于经费问题，与矢田等共同退出《樱花》。

八月，与矢田等创立“陀思妥耶夫斯基研究会”，因成员反响冷淡，一个月后中止。

十一月，于《行动》发表《陀思妥耶夫斯基与巴尔扎克》。

1934年（昭和九年）/29岁

一月，因长岛萃病逝，深受打击。

二月，于《纪元》发表《长岛之死》，后改题为《关于长岛之死》。

四处旅行。与矢田关系若即若离。

染上淋病，经井伏鳟二传授“秘方”，治愈。

1935年（昭和十年）/30岁

春，通过在竹村书房担任编辑的中学同学大江勋，参与《司汤达选集》的策划工作。

五月，于《作品》发表评论《拒绝枯淡的风格》，批评德田秋声，收到德田之弟子尾崎士郎的斗酒挑战，喝至吐血乃止。自此与尾崎结下终生友谊。

六月，由竹村书房出版第一本单行本《黑谷村》。

八月，于《文艺春秋》发表《渴望逃避的心》。

九月，开始创作以矢田为女主人公的连载小说《狼园》。

1936 年（昭和十一年）/31 岁

一月，《狼园》于《文学界》正式发表。数年未见的矢田登门，两人正式表明恋情，急剧陷入爱河，但持续未及一个月，终以分手作结，自此再无来往。

三月，《狼园》连载至第三期，作罢。牧野信一自杀，闻讯后深受打击，前往小田原奔丧。

五月，于《作品》发表《牧野先生之死》。重新染上淋病。

六月，开始构思野心勃勃的长篇小说《吹雪物语》。

夏，受竹村书房邀请策划一套法国文学丛书，未成；与尾崎士郎计划创办同人杂志《大浪漫》，终因稿件不足而作罢。

秋，受记者北原武夫之邀，不时于《都新闻》发表匿名评论。

十一月，正式开始《吹雪物语》的创作。

1937 年（昭和十二年）/32 岁

二月，为潜心创作《吹雪物语》，前往京都嵯峨投奔朋友隐岐和一，受到隐岐热情招待。

四月，加入同人杂志《文学生活》，不久停刊。

因金钱紧张，多次向朋友借钱。

年底，《吹雪物语》初稿基本完成。

1938年（昭和十三年）/33岁

一月，于《文学界》发表《在女占卜师面前》。

六月，《吹雪物语》打磨完成，回到东京。外甥女村上喜久投河自杀。

七月，《吹雪物语》由竹村书房出版。亲自撰写宣传语，并在信中向出版社表示："我相信，本作拿下一两个文学奖不成问题。"最终反响不大，销量平平，自此进入失意时期。

十一月，于《都新闻》发表《侦探之卷》。

1939年（昭和十四年）/34岁

二月，长兄献吉就任新潟报社董事。参加文人围棋会比赛，获胜，甚感自豪。

五月，为构思新的长篇小说，移居至茨城县取手町，在当地医院的一间屋子里生活。

八月，取手发生洪水，见义勇为，救助落水少年。

1940年（昭和十五年）/35岁

一月，受三好达治之邀，前往小田原市三好家别墅居住。

在三好的推荐下，对日本天主教历史产生兴趣。

七月，于《文学界》连载《不惜性命》，亦是历史小说创作的初次尝试。

十二月，加入《现代文学》同人杂志社。

1941 年（昭和十六年）/36 岁

与《现代文学》同人平野谦、荒正人等集会，阅读侦探小说，进行“猜犯人”游戏。《不连续杀人事件》的构思萌芽于此。

五月，为创作长篇历史小说《岛原之乱》，前往九州取材旅行。

七月，小田原市连日暴雨，早川决堤，三好家为洪水所淹；借居之别墅遭到损毁。

八月，因报社整合，成立新潟日报社，长兄献吉任董事兼副社长。得知小田原洪水消息，写信请求将铺盖及书籍寄回，惹怒因洪水而焦头烂额的三好。

十月，于《现代文学》发表《岛原之乱杂记》。

1942 年（昭和十七年）/37 岁

二月，母亲去世。

三月，于《现代文学》发表代表作《日本文化之我见》。

五月，完成《天草四郎》，约四万字，因不够满意，终未发表。

夏，在研究“岛原之乱”的过程中，对宫本武藏产生兴趣，准备撰写相关历史小说。

十一月，因“一县一纸”报社整合，成立新潟日报社，献吉任专务董事。

十一月至十二月，于《文学界》连载《青春论》；由于《青春论》后半部分主要围绕宫本武藏展开，故放弃撰写相关小说，重新回到《岛原之乱》的创作中。

1943年（昭和十八年）/38岁

一月，于《现代文学》发表《五月的诗》。

三月，于《现代文学》发表《讲谈先生》。

七月，于《现代文学》发表《卷首随笔》。

九月，于《现代文学》发表《二十一》。

十月，短篇作品集《珍珠》由大观堂出版，由于部分表现与军国主义精神不合，被勒令禁止再版。

《岛原之乱》写作不顺，转而创作历史小说《黑田如水》。

1944年（昭和十九年）/39岁

一月，因战时出版规制，《现代文学》停刊；于终刊号发表《黑田如水》，并以该作为原型，开始创作中篇小说《二流之人》。

三月，矢田津世子病逝。

为逃避劳力征用，成为日本映画社的非正式员工。接受日映委托，至次年前后共创作三部剧本——《大东亚铁路》《阿图岛》《黄河》，皆未拍摄。

九月，献吉就任新潟日报社社长。

1945年（昭和二十年）/40岁

一月，应《新文学》所托撰写随笔一篇，杂志方面惧怕审查，拒绝发表。

四月，空袭愈演愈烈。献吉提议回乡避难，拒而不从。

八月，日本投降。

十一月，与尾崎士郎商议创办同人杂志《风报》。GHQ大幅追查战犯，献吉因惧怕而辞去新潟日报社社长一职。

十二月，尾崎士郎被GHQ战犯事务所调查，为尾崎辩护。

1946 年（昭和二十一年）/41 岁

四月，于《新潮》发表《堕落论》，一跃成为流行作家。

五月，因意见未能统一，退出《风报》创刊。

六月，于《新潮》发表《白痴》。

十月，于《新生》发表《战争与一个女人》，经 GHQ 审阅，删减大部分内容。于《新潮》发表《颓废文学论》。

十一月，参加座谈会“现代小说畅谈”，太宰治、织田作之助与会，是为“无赖派”三位代表作家首次会面。

十二月，出席江户川乱步主办的推理作家 & 爱好者定期集会“周六会”，讲述自己的侦探小说观。

1947 年（昭和二十二年）/42 岁

一月，织田作之助病逝。因过度悲痛，未能出席葬礼。于《新时代》发表《家康》。于《近代文学》发表《戏作者文学论》。

二月，于《东京新闻》连载《花妖》，持续四个月后遭到腰斩。

三月初，于酒吧“千岁”结识二十四岁的梶三千代，雇用三千代为秘书，每周上门，不久进入半同居状态。

四月，三千代盲肠炎引发腹膜炎，住院。

六月，加入同人杂志《文学界》。三千代出院，两人正式同居。应母校东洋大学之邀，进行约一小时长的演讲。于《新潮》发表《教主的文学》。于《肉体》发表《盛开的樱花林下》。

七月，于《光》发表《玩具盒》。于《妇人文库》发表《恶妻论》。

八月，于《日本小说》连载《不连续杀人事件》，附有"猜犯人悬赏"，引起广泛关注。

十月，于《爱与美》发表《替青鬼洗兜裆布的女子》。

1948 年（昭和二十三年）/43 岁

一月，于《风报》发表《献给天皇陛下的话》。思索社出版《二流之人》。

三月，针对一月发生的帝国银行抢劫案，于《中央公论》发表《论帝银事件》。

四月，上书首相芦田均，为被 GHQ 开除公职的尾崎士郎辩白，未果。

六月，太宰治殉情自杀，为躲避蜂拥上门的媒体记者，前往热海小住。招待《不连续杀人事件》责编渡边彰饮酒，因酒质粗劣导致渡边肺病复发，为表歉意，将连载所得全部赠予渡边。

七月，三千代发表《安吾先生的一天》，其中提到安吾写给自己的遗书。观战本因坊—吴清源十番棋，于《读卖新闻》发表《本因坊—吴清源十番棋观战记》。于《新潮》发表《不良少年与基督》。进行题为《欧洲式性格，日本式性格》的演讲。

八月，于《ALL 读物》发表《太宰治情死考》。于《季刊作品》发表《织田信长》。抑郁症加重，开始大量服用 Adorm。

十月，出现幻视幻听，开始创作长篇小说《火》。于《人间喜剧》发表《战争论》。

十二月，晚星社出版单行本《不连续杀人事件》。

1949 年（昭和二十四年）/44 岁

一月，于《宝石》发表《评〈刺青杀人事件〉》。

二月，《不连续杀人事件》获侦探俱乐部奖。产生 Adorm 依赖症，不时出现疯狂之举。前往东京大学附属医院神经科住院。

三月，接受持续睡眠疗法，病情逐渐恢复。

四月，遭蒲田税务局认定税金滞纳，因住院暂缓执行。向税务局提出异议申请。出院。

六月，作为评委出席第21届芥川奖评选，获奖者为由起繁子、小谷刚二人。对由起繁子的作品尤加赞赏。

八月，Adorm依赖症复发，遭池上警察署拘留。接受医生建议，前往伊东疗养地居住。

十月，于《作品》发表《小山羊的记录》。

十一月，于《文艺春秋》发表《战后新人论》。于《近代文学》发表《体育·文学·政治》。

1950年（昭和二十五年）/45岁

一月，于《文学界》发表《肝脏先生》。于《文艺春秋》连载《安吾巷谈》。参加第22届芥川奖评选。

二月，前往小田原观看竞轮，采访选手取材。

三月，三千代怀孕，后堕胎。于《文学界》发表《由起繁子，做个利己主义者》。

四月，于《新潮》发表《推理小说论》。于《讲谈俱乐部》发表《投手杀人事件》。

五月，于《新潮》连载《我的人生观》。

八月，参加第23届芥川奖评选。

十月，于《小说新潮》连载《明治开化安吾捕物帖》。

1951年（昭和二十六年）/46岁

二月，《安吾巷谈》获文艺春秋读者奖。于《新潮》发表《战后合格者》。

三月，于《新潮》发表《人生三大愉悦》。于《文艺春秋》连载《安吾新日本地理》。

四月，于《ALL读物》连载《安吾人生谈》。

五月，旁听“查泰莱公审”。旅行取材期间，家中藏书被税务局查封。

六月，前往东京国税局，吊销藏书查封处分。

八月，于《新潮》发表《孤立杀人事件》。

九月，观看竞轮比赛时，认为存在作弊现象而进行告发，因证据照片不够清晰，遭到驳回。于《新潮》发表《战后文章论》。

十一月，大量服用Adorm，出现幻觉。

1952年（昭和二十七年）/47岁

一月，旁听“查泰莱公审”判决，作《查泰莱旁听记》。于《新潮》连载《安吾行状日记》，于《ALL读物》连载《安吾史谈》。

六月，于《新潮》发表《夜长姬与耳男》。

九月，于《新潮》发表《输血》。

十月，于《新大阪》连载长篇历史小说《信长》。于《文学界》发表《军备已无用》。

1953年（昭和二十八年）/48岁

一月，于《西日本新闻》连载《明日天晴》。

三月，因《新大阪》擅自转载连载中的《明日天晴》，怒而拒绝继续连载《信长》。于《小说新潮》发表《都会中的孤岛》。

四月，于《文艺春秋》发表《牛》。

六月，于《文艺春秋》发表《枭雄》。于《小说新潮》发表《选举杀人事件》。

七月，参加第29届芥川奖评选。

八月，长子纲男出生，与三千代正式办理结婚手续。于《讲谈俱乐部》发表《山神杀人》。

十二月，于《King》发表《小镇二天才》。

1954年（昭和二十九年）/49岁

一月，参加第30届芥川奖评选。于《讲谈俱乐部》发表《年糕作祟》。

二月，《不连续杀人事件》由春阳堂书店再版。

五月，于《小说新潮》发表《女剑士》。

七月，于《小说新潮》连载《左近之怒》。

八月，于《知性》连载《真书太阁记》，未完。

十月，于《别册小说新潮》发表《灵异杀人事件》。

各地取材旅行。

1955 年（昭和三十年）/50 岁（未满）

二月十一日，前往高知取材旅行。十五日，回到东京。

十七日晨，突发脑溢血，骤然离世。

二十一日，于东京青山殡仪馆举行了无宗教仪式的葬礼。

五月，百日法事，文坛相关人员到场约一百五十人。

图书在版编目（CIP）数据

不连续杀人事件 /（日）坂口安吾著；杨明绮译.
—杭州：浙江文艺出版社，2019.7（2022.4 重印）
ISBN 978-7-5339-5641-7

Ⅰ.①不… Ⅱ.①坂… ②杨… Ⅲ.①推理小说—日本—现代 Ⅳ.①I313.45

中国版本图书馆 CIP 数据核字（2019）第 055720 号

策　　划：邵　劼
责任编辑：邵　劼
营销编辑：张恩惠
封面设计：人马艺术设计·储平
责任印制：吴春娟

不连续杀人事件
［日］坂口安吾　著
杨明绮　译

浙江文艺出版社　出版发行
地址：杭州市体育场路 347 号　邮编：310006
网址：www.zjwycbs.cn
经销：浙江省新华书店集团有限公司
印刷：浙江新华数码印务有限公司
开本：850 毫米×1168 毫米　1/32
字数：177 千字
印张：9.75
插页：6
版次：2019 年 7 月第 1 版　2022 年 4 月第 5 次印刷
书号：ISBN 978-7-5339-5641-7
定价：48.00 元